Über dieses Buch

Eine kaputte Familie: der Vater, ein gescheiterter Unterneh-mer, tyrannisiert seine Frau und die beiden Kinder, die fru-strierte, zänkische Mutter sorgt mit ihrem Vertreterjob für das Auskommen, der Rest ist Alkohol. Für die Kinder Sheila und Julien ist das Leben ein Alptraum. Die selbstbewußte Sheila ist alt genug – sie haut aus der Vorstadt ab nach Paris. Ihr kleiner Bruder hinterher. Julien verliert Sheilas Spur im Getümmel der Großstadt und rutscht unversehens in die Drogenszene. Der Kleindealer Mick, zehn Jahre älter als er, abgebrüht und gerissen, wird für den vertrauensvollen Jungen Rettung und Bedrohung zugleich. Er will Julien in seine miesen Geschäfte verwickeln, hilft ihm aber auch bei der Suche nach seiner Schwester und steckt ihn unter die Fittiche von Trickse, einer Transsexuellen. Diese neugewonnene Freundin bewahrt Ju-lien davor, völlig unter die Räder zu kommen. Doch wie erklärt sie einem Dreizehnjährigen, der sie vergöttert und den sie liebt wie ihren eigenen Sohn, daß es Frauen gibt, die mal Männer waren, und warum diese Frauen nicht im Büro arbeiten, son-dern auf der Straße?

Poetisch und realistisch wird hier die Geschichte einer au-ßergewöhnlichen Liebe erzählt, vor einem sparsam gezeichne-ten Hintergrund, der erschreckender, trauriger nicht sein könnte. Doch «Julien» zeugt von einer Menschlichkeit, die nicht von den Lebensumständen abhängig ist, von einer Fä-higkeit zur Liebe, die sich nicht unterkriegen läßt.

Denis Belloc, geboren 1949 in La Rochelle, lebt als Maler und Schriftsteller in Paris. In «Neon» (rororo Nr. 13624) erzählt er seine eigene ungewöhnliche Lebensgeschichte: mit elf auf dem Schwulenstrich, mit 15 im Gefängnis, mit 40 ein gefeierter Schriftsteller; in «Suzanne» (rororo Nr. 13797) erzählt er vom Leben der Mutter. Außerdem schrieb «der Genet der 80er Jahre» (NDR) den aufrüttelnden Drogenroman «Päckn» (rororo Nr. 13995).

Denis Belloc
JULIEN

Roman

Aus dem Französischen
von Ulrich Hartmann
und Thomas Wippenbeck

Rowohlt

Veröffentlicht im Rowohlt
Taschenbuch Verlag GmbH,
Reinbek bei Hamburg, Oktober 1997
Titel der Originalausgabe:
Les Ailes de Julien © 1994
by Éditions TUM-Michel de Maule
Deutsche Erstausgabe © 1995
by Beck & Glückler Verlag, Freiburg
Umschlaggestaltung Walter Hellmann
(Foto G + J Photonica / Calicino)
Satz Iridium (Linotronic 500)
Gesamtherstellung Clausen & Bosse, Leck
Printed in Germany
1290-ISBN 3 499 13876 X

Für Jeanne Cordelier

MANTES-LA-JOLIE

Die anderen Kinder nannten ihn Juju, und auch seine Mutter und seine Schwester und die Großeltern, als sie noch lebten, aber er war zu jung, als sie starben, er erinnerte sich nicht daran, daß sie «Juju» zu ihm sagten. Eigentlich hieß er «Julien», er war nicht sehr groß, er war schmächtig, seine Haare braun, gewellt und kurz, die Augen groß und dunkel, mit langen Wimpern, ausgeprägte Lippen in einem ovalen Gesicht. Mit einer großen Schultasche auf dem Rücken ging er in Mantes-la-Jolie zur Schule, er trug Jeans, weiße Turnschuhe, eine grüne Jacke. Er war dreizehn Jahre alt. Sein Vater sagte niemals «Juju». Er sagte «Julien».

Eine große Schule mit grauen Mauern, es ist Abend, Schulschluß, auf dem Bürgersteig immer die gleichen Grüppchen, Juju, zwei aus dem Maghreb, ein Schwarzer und noch ein französischer Junge, sie sind im gleichen Alter wie Juju, und einer sagt: «Wir gehn zu mir, Leute, ich hab 'ne geile Rap-CD geklaut, da hebste ab.» «Und dein Alter?» fragt ein anderer. «Mein Alter hat sich gestern abgesetzt, kein Problem also, scheiß drauf, ich hab noch Shit, wir können was reinziehn!» Die anderen antworten: «o. k., los jetzt!», «und was ist mit dir, Juju?» Juju sagt, daß er nicht kann, er muß beim Reisebüro vorbei, seine Schwester abholen und dann noch zu Mammouth, einkaufen, und die anderen lassen nicht locker, aber Juju sagt, daß sein Vater wieder rumschreit, wenn er zu spät nach Hause kommt. «Dein Alter ist ein Arsch», sagt einer, «aber die scharfe Schwester, die ist Zucker!» – «Ja, aber ich seh die nicht in einem Reisebüro, ich seh die woanders, verstehst du, was ich meine, Juju?» Juju zuckt mit den Schultern, die anderen machen ihn an, er soll abhauen, Juju geht, Spucke landet auf einem seiner Turnschuhe, «Wichser!» schreien die Jungen, Juju dreht sich nicht um, wischt seinen Turnschuh nicht ab, er kennt das schon, ist jedesmal das gleiche, er macht sich nichts draus, abends holt er seine Schwester ab, auch wenn keine Schule ist. Und aus Shit macht er sich auch nichts, kennt er nicht, interessiert ihn nicht. Hinter ihm Lachen und Pfiffe.

Sie war zwanzig, sie war groß und gut gebaut, ihre Haare waren lang und lockig, blond, fast rot, blaue Augen volle Lippen zierliche Nase, und ihre Haut war sehr weiß mit Sommersprossen. Für das Reisebüro machte sie Blau auf die Lider, Schwarz auf die Wimpern, damit sie länger aussahen, und Karminrot auf den Mund. Sie trug immer ein klassisches Kostüm, Jacke ohne Kragen, und unter der Jacke eine Bluse mit einem Halstuch, schwarze Strümpfe, hohe Pumps. Sie hatte drei Kostüme: ein rotes, ein blaues, ein grünes. Ihre Blusen waren weiß. Ihr Vater hatte keinen Vornamen für sie aussuchen wollen, da war die Mutter auf «Sheila» gekommen, wie die Sängerin, und der Vater hatte den Namen sehr dämlich gefunden. Er sagte nicht «Sheila», er sagte «Die-da».

In dem kleinen Reisebüro in Mantes-la-Jolie stehen zwei Schreibtische, einer für Sheila und einer für Madame Dubus, die Chefin, die Dicke Dubus in ihrem Kleid mit den großen gelben und grünen Blumen, dicker Busen fette Backen fette Hände, blauer Haarknoten, mit Nadeln gespickt, und dann Klunker, echtes Gold, Ringe Armbänder Halsketten, Haut geschminkt Gesicht geliftet.

Ein blonder Mann mit grünen Augen sitzt vor Sheila, elegant in seinem nachtblauen Anzug, das ist Monsieur Vilmont, ein guter Kunde, der mit seinen vierzig Jahren überall in der

Welt herumreist, der das Flugticket nimmt, das Sheila ihm hinhält, und dabei ihre Finger sanft berührt, wie jedesmal, wenn sie ihm ein Ticket hinhält, und er sieht Sheila mit seinen grünen Augen tief in ihre blauen Augen und lächelt, Sheila ist unsicher, sie senkt die Lider und sagt: «Gute Reise, Monsieur Vilmont.» Die Dicke Dubus sagt: «Sie Glücklicher, so viel zu verreisen. Rio, ah …», Monsieur Vilmont sieht Sheila an und sagt, daß er sie beim nächstenmal mitnimmt, da hebt die Dicke Dubus ihren fetten Zeigefinger und lächelt, Backenzähne aus Gold: «Machen Sie mir meine Angestellte nicht abspenstig, Monsieur Vilmont, die brauche ich noch!» – «Auf Wiedersehen, die Damen», sagt Vilmont, als er aus dem Reisebüro geht, «Gute Reise», antwortet die Dicke Dubus. Auf dem Gehweg wartet Juju.

Die Dicke Dubus sagt Sheila, daß sie gehen kann: «Schon in Ordnung, ich lasse das Gitter herunter, gehen Sie nur», und dann, «ach, da ist ja Ihr kleiner Bruder.» Sheila winkt Juju zu, sie verschwindet hinten im Reisebüro durch eine Tür, das ist die Garderobe-Küche-Toilette, darin ein Kleiderhaken ein Tisch ein Spiegel ein Radiorecorder, Sheila legt eine Cassette ein, jeden Abend dieselbe Cassette, dasselbe Lied, das aus dem Recorder kommt, während sie vor dem Spiegel ihr Make-up auffrischt, eine rauhe Stimme: «… Les hommes qui passent troublants …» ein bißchen Puder auf die Backen «… me laissent toujours …» ein bißchen Rot auf die Lippen «… avec mes rêves et mes angoisses d'avant …» ein bißchen Schwarz auf die Wimpern «… les hommes qui passent pourtant qu'est-ce que j'aimerais en voler un pour un mois pour un an …», und es gibt trübe Abende, und an den Abenden bringen die Männer Sheila zum Weinen.

Sie geht am Schreibtisch der Dicken Dubus vorbei: «Auf Wiedersehen, Madame Dubus, bis morgen», doch die Dubus antwortet ihr in einem schroffen Ton, daß sie die Tickets für morgen herauslegen soll, bevor sie geht, «und räumen Sie Ihren Schreibtisch mal ein bißchen besser auf!» Genervt geht

Sheila an ihren Schreibtisch zurück und tut, was sie soll, und die Dicke Dubus wählt die Nummer ihrer lieben Freundin Madame Grinville. «Wie geht es denn meiner lieben Freundin in Deauville? …» – «Alte Schlampe! Alte Schlampe!» murmeln Sheilas Lippen, «hab die Schnauze voll von den Reisen, Scheiß-Dubus!» Sheila schlägt die Tür vom Reisebüro zu und stößt auf dem Bürgersteig einen langen Seufzer aus, legt ihre Hand auf Jujus Wange und drückt ihren Mund auf seine Stirn, für einen langen Kuß.

«Tag, Juju. Na, fleißig gelernt heute?»

«Pah … Nicht so toll», antwortet Juju. «Gibst du mir deine Hand?»

«Warte, Juju, ich muß mir erst eine anstecken, bei der alten Dubus darf ich den ganzen Tag keine rauchen, ist verboten!»

Sie kramt in ihrer Tasche, findet die Schachtel Marlboro und zündet sich eine an.

«Oh, tut das gut», seufzt Sheila und bläst den Rauch in den nachtschwarzen Himmel.

«Läßt du mich mal ziehen?» fragt Juju.

«Wenn du groß bist», sagt Sheila.

«Ich bin doch schon groß!»

«Da bin ich mir nicht so sicher», antwortet Sheila und lächelt. «Komm, Mammouth wartet auf uns.»

Sie nimmt ihn bei der Hand. In der Ferne, vor ihnen, Lichter und Farben.

Sheila mit einem Zettel in der Hand, auf den die Mutter geschrieben hat: «Quark Magerstufe – Tampax 40 super – Klopapier – Vizir – Weichspüler – Crème fraîche light – heute bitte nichts Tiefgefrorenes.» Juju schiebt den Wagen zwischen den Regalen im Mammouth durch, er macht das besonders gern, stellt sich dabei vor, der Einkaufswagen wäre ein Flugzeug, hinten bei Obst & Gemüse eine dicke Frau, die gerade einen Blumenkohl taxiert, auf die hat er es abgesehen, er hält mit dem Wagen auf sie zu, macht das Brummen eines startenden Flugzeugs nach und sagt ganz leise: «Eintritt in Sektor 29, Autopilot aktiviert, Peilradar läuft, Impulsgeber auf vollen Schub.» Die dicke Frau verschwindet, Abdrehen, Schleife, Babynahrung, Windeln, die dicke Frau, «Raketen an Bord, nähere mich unbemerkt im Sturzflug, Feind muß atomisiert werden!», Seife, Waschpulver, «90°-Schwenk, Raketen bereit, schnell!», Juju zielt auf die dicke Frau, «volle Kraft, Feuer, weg da, sie muß dran glauben!», Torpedos zischen, Explosion, «das war's, gute Reise! Du bist der Größte, Juju!» Er dreht ab, Motor auf halbe Kraft, «zurück zur Basis.» Er landet abrupt vor Sheila und fährt ihr mit dem Wagen in die Beine. «Scheiße! Siehst du die Laufmasche? Hör jetzt auf damit, du bist noch kein Pilot!» Juju ist ganz rot im Gesicht und völlig außer Atem, er übt doch nur für später, und außerdem hat er Hunger, was es denn zu Abend gibt, Sheila hat keine Ahnung und will auch nicht alle bekochen, also gibt es Tiefgefrorenes, Hacksteaks. Darauf Juju: «Klasse! Mit Pommes!»

Magerquark, Sheila fragt Juju nach der Schule, Juju sagt, daß sie Französisch hatten, Französisch ist der Horror, da weiß er überhaupt nichts, und danach Mathe, das ist echt genial, das macht Spaß! Tampax 40 super, Klopapier.

«Du mußt auch Mathe büffeln, wenn du Pilot werden willst.»

«Und du? Hast du viele Tickets verkauft?»

Vizir, Weichspüler.

«Marseille, Lyon, Tunis … und Rio, an Monsieur Vilmont. Stell dir vor, Rio! Das war mir echt zuviel … Er hat versprochen, daß er mich beim nächsten Mal mitnimmt …»

Crème fraîche light.

«Alles Gerede! Ich kenne doch bloß das Reisebüro, Mammouth und daheim die Alten. Mir reicht's, wie die sich um alles drücken.»

Tiefkühl-Steaks, Pommes, auch tiefgekühlt, und die feuchten Augen von Sheila. Juju nimmt ihre Hand.

«Mach dir nichts draus. Wenn ich Pilot bin, nehme ich dich überall umsonst mit hin. Gratis! Wohin du willst!»

«Schon gut, Juju. Aber solang bleibe ich nicht im Reisebüro, mein ganzes Leben, und dann die alte Dubus, ich ertrag die nicht mehr. Mit ihrem Dutt und ihren Klunkern … Würg! Fette Schlampe!»

Juju schiebt den Wagen in Richtung Kasse, Sheila wischt sich eine Träne aus dem Augenwinkel, Juju fragt sie, was sie denn machen will, wenn nicht Reisen verkaufen, aber das weiß sie auch nicht so genau. «Geh doch zum Film», meint Juju gutgelaunt, «das klappt bestimmt, bei deiner Figur, und meine Kumpel in der Schule fänden das auch gut!»

«Hör auf zu spinnen, Juju …»

Juju schaut betreten nach unten und sagt, er spinnt nicht. Im letzen Regal Zeitschriften, Illustrierte, posierende Mannequins auf dem Cover, perfekte Körper und Gesichter, *Marie-Claire, Vogue, Vingt ans*, Stars und Künstler, *Max, Paris-Match*.

«Wie wär's mit Mannequin?» fragt Juju.

Der Wagen vor dem Zeitschriftenregal, Sheilas Augen verträumt auf den Hochglanztiteln.

«Klar, Fotomodell wäre schon was …»

Sie nimmt den Einkaufswagen und schiebt ihn zum Band an der Kasse, legt die Tampax darauf, die Crème fraîche …

«Lieber nicht. Mein Busen ist zu groß.»

Den Quark und alles übrige, Juju will sein Fliegermagazin, er bittet Sheila darum, schließlich zahlt sie ja die Hefte, sie sagt: «Na los», Juju rennt zum Zeitschriftenregal, sie ruft ihm nach: «Juju, bring mir *Max* mit!»

Juju und Sheila gehen durch ein schwarzes, schmiedeeisernes Gartentor, vorbei an einem Stück Rasen, sie kommen in ein Einfamilienhaus mit weißem Putz, einstöckig, in einer ruhigen Straße, weit weg von den Sozialbunkern.

Ein Kinderzimmer, Poster an den blaugestrichenen Wänden, von der Decke hängen Modellflugzeuge, ein Airbus 340, eine Boeing 747, eine Mirage IV, eine Concorde. Auf einem kleinen Schreibtisch ein Computer zwischen lauter alten, mechanischen Spielsachen, Kinderchaos. Auf dem Bett sitzt Juju, macht Matheaufgaben, Hefte, Bücher, Stifte, alles auf der blauen Wolldecke, Juju arbeitet gern auf dem Bett. Er mag Blau besonders. Der Fernseher dröhnt ins Zimmer, Juju setzt den Walkman auf und rechnet laut die Aufgaben aus.

Sauber und kühl das Wohn-Eßzimmer mit Louis-quinze-Möbeln und schwarzen Kunstledersesseln, Kunstdrucke alter Meister an den weißen Wänden, Fernseher mit Flachbildschirm, Sheila hat die Mammouth-Tüte auf den Eßtisch mit dem schwarz-gelb gewürfelten Wachstuch geworfen und sich mit Blick auf den Fernseher auf einen Stuhl gesetzt. Sie lakkiert sich die Fußnägel auf dem Tisch, starrt auf das Fernsehbild, ein Quiz, so laut wie möglich, die Tür geht, und eine Frau kommt ins Eßzimmer.

Isabelle, die Mutter von Sheila und Juju, hatte ihre Schwester Claudine seit Jahren nicht mehr gesehen, Claudine lebte im Ausland, war mit einem chinesischen Industriellen verheiratet; auf dem Eßzimmerschrank standen Elfenbeinfiguren, jedes Jahr zu Weihnachten schickte Claudine Sachen aus Elfenbein. Isabelle war vierzig, Pharmareferentin, mittelgroß, die braunen Haare kurz und gelockt, kleine Nase, dünne Lippen. Juju hatte ihre Augen. Sie schminkte sich kaum und trug immer Tweedjacken, Flanellhosen und Schuhe mit flachem Absatz. Sportlich-elegant. Ihre Eltern waren Prolos, die Mutter Hausfrau, der Vater auf dem Bau, eines Tages fuhr er zu schnell, das Auto prallte gegen einen Baum, sie waren auf der Stelle tot. Isabelle fuhr nicht gerne, sie liebte Gitanes ohne Filter, Martini, ihre Kinder, das war alles. Manchmal liebte sie auch ihren Mann. Liebhaber hatte sie nie gehabt, sie war leicht reizbar.

Isabelle wirft ihre Handtasche und ihre Mappe auf den Tisch und läßt sich in einen Sessel fallen. «Ich bin erledigt ... Ist Juju da?» fragt sie Sheila, die den Nagellack auf ihren Fußnägeln trockenpustet und ihrer Mutter antwortet, ohne sie anzusehen, daß er in seinem Zimmer ist, «du könntest guten Abend sagen» – «Bitte? Sonst noch was?» antwortet Isabelle gereizt, «und außerdem: nimm bitte deine Füße vom Tisch!» Sheila stößt einen Seufzer aus und nimmt ihre Füße vom Tisch, Isabelle zündet sich mit einem goldenen Feuerzeug eine Gitane an, «und räum die Einkaufstüten da weg, wenn dein Vater dieses Chaos sieht, schreit er gleich wieder los.» Sheila steht auf und macht den Tisch frei, «und stell den Fernseher leiser, man versteht ja sein eigenes Wort nicht!» Sheila stellt den Fernseher leiser. «Hast du das Geschirr von gestern abend gespült?» – «Nein, ich habe nicht gespült», antwortet Sheila mit tonloser Stimme, «ich arbeite übrigens, in einem Reisebüro, weißt du? Und heute abend, nach der Arbeit, habe ich mich in das Gedränge im Supermarkt gestürzt!» Isabelle richtet sich auf: «Also, ich bitte dich, Sheila!» Sie drückt ihre halb aufgerauchte Gitane aus und sagt, daß sie schließlich auch arbeitet, und ob Sheila etwa meint, das macht ihr Spaß, zu den Ärzten zu gehen, um denen Medikamente zu verkaufen, oder was? Kopfschmerztabletten! Medikamente gegen Nervenleiden! Schlafmittel! Und heute war sie bei zehn Ärzten, um Pillen für Frauen mit Menstruationsbeschwerden zu verkaufen! Sie zündet sich eine neue Gitane an: und die Ärzte, die's mit ihr treiben wollen, und die Kilometer im Auto und die Staus, und was glaubt sie denn, sie hat auch Kopfschmerzen, ihre Nerven machen ihr zu schaffen, und sie kann nicht schlafen.

«Verstehst du, warum ich abends keine Lust auf das Gedränge im Supermarkt habe?»

«Ja, aber du hast keine Menstruationsbeschwerden, ich schon, also beklag dich nicht», wirft Sheila ihr hin und lächelt mit geschlossenem Mund.

Isabelle steht auf, richtet den Zeigefinger auf Sheila,

schreit: «Sei nicht unverschämt, oder du fängst dir eine!» Sheila rührt sich nicht, hat immer noch dieses Lächeln mit geschlossenem Mund und diesen frechen Blick, Isabelle geht zum Geschirrschrank, stößt sich die Hüfte am Tisch; «Scheiße», sagt sie und reibt sich die Stelle. Im Geschirrschrank ihr Martini, sie gießt ein Whiskyglas bis zum Rand voll, sie zittert, Sheila setzt sich wieder hin und steckt sich eine Marlboro an, ganz ruhig.

«Und gegen Hysterie hast du nichts im Programm?» fragt Sheila.

Der Martini schwappt aus dem Glas, als Isabelle es auf den Schrank stellt, sie wird kreidebleich, und ihre Augen werden größer, sie geht auf Sheila zu, ihre Stimme bebt: «Was willst du damit sagen? Sa... sag das noch mal, ich hab's nicht richtig gehört ... glaubst du etwa ...» Sie spricht den Satz nicht zu Ende, die Haustür geht. Sheila drückt ihre Marlboro aus, Isabelle versinkt in ihrem Sessel, die Zigarette ist nicht richtig aus und qualmt weiter. Stille, Isabelle und Sheila angespannt, erstarrt.

Armand wollte um jeden Preis Erfolg haben, und sein Erfolg war wichtiger als alles andere und alle anderen.

Seine Mutter war im Wochenbett gestorben, und sein Vater, ein Arzt, an Lungenkrebs. Der Arzt hatte nie wieder geheiratet, aber er hatte viele Geliebte gehabt. Armand war das einzige Kind, er hatte nichts gelernt, gerade mal Volksschulabschluß; Isabelle dagegen hatte Abitur gemacht, mit Auszeichnung und der besten Note in Philosophie.

Er trug immer dunkle Anzüge, weiße Hemden und Club-Krawatten, sogar im Sommer. Er war groß und schlank, hatte breite Schultern, und seine Haare waren kurz und hellbraun, fast blond, und gelockt, das Gesicht lang und fein geschnitten, die Augen blau, der Mund schmallippig. Er war fünf Jahre älter als Isabelle, sie hatten sieben Monate vor der Geburt von Sheila geheiratet. Armand rauchte nicht und trank nicht.

Diplomatenkoffer in der Hand, betritt Armand das Wohn-Eßzimmer. Aufrecht steht er neben dem Schrank, er lächelt nicht. Er schnüffelt, sagt: «Was für eine Räucherhöhle. Müßt ihr unbedingt gesunde Leute vergiften!» Er setzt sich in einen der Kunstledersessel, ohne seine Jacke auszuziehen, legt die Unterarme flach auf die Armlehnen, starrt vor sich hin, auf einen imaginären Punkt, wie jeden Abend, dann dreht er den Kopf, wirft einen Blick auf den Schrank und fragt, was das für ein Fleck ist, und Isabelle fragt ihn, ob es ihm etwas ausmachen würde, guten Abend zu sagen, und Armand sagt grimmig: «Guten Abend.» Sheila sagt: «Hallo!»

«Kannst du nicht guten Abend sagen wie andere Leute auch? Heb dir deine ‹Hallos› für deine Freunde auf», fährt Armand Sheila an. Die zuckt mit den Schultern, schlägt ihr *Max* auf und blättert gleichgültig darin.

Isabelle wischt den Schrank ab, gießt noch ein Glas bis zum Rand voll Martini und steckt sich die nächste Zigarette an. Den Rücken an den Schrank gelehnt, die Arme gekreuzt, fragt sie Armand:

«Und?»

«Und was?»

«Hast du die Bücher durchgesehen?»

«Ja, ich habe die Bücher durchgesehen, wir melden Konkurs an. Ich könnte niemals die Lieferanten bezahlen, und der Bankier läßt mich im Stich, dieser sture Bürokrat!»

«Ich hatte dich gewarnt! Wenn man nichts hat, kann man keine Geschäfte machen! Wie oft bist du jetzt schon auf die Schnauze gefallen? Und wer kommt für die Schulden auf? Isabelle!»

«Ich falle vielleicht auf die Schnauze, aber ich gehe wenigstens Risiken ein. Ich gebe mich nicht damit zufrieden, meine acht Stunden am Tag zu machen und Pillen für Frauen mit Hitzewallungen zu verkaufen!»

«Ja, vielleicht! Aber wenn sie keine Hitzewallungen hätten, säßen wir in der Scheiße! Sheila, mach das Abendessen!»

Sheila nimmt das *Max* in die Küche mit. Niemand beachtet Juju, der am Türpfosten lehnt. Eine drückende Stille, und Armand fragt, was es zum Abendessen gibt, ironisch sagt Isabelle, daß sie es nicht weiß. «Tiefgefrorenes, Steaks, glaube ich, Sheila hat eingekauft.» Er springt auf, geht auf die Tür zum Gang zu, bleibt vor der Küche stehen und sagt zu Sheila, daß er genug davon hat, Tiefkühlzeug vorgesetzt zu bekommen. «Und ich habe dir gesagt, daß ich dich in diesem Haus nicht rauchen sehen will, mach die Zigarette aus!» Er rempelt Juju an und geht aus dem Wohn-Eßzimmer, Sheila drückt ihre Zigarette in einem Steak aus, eine Tür im Gang fällt ins Schloß.

Isabelle in einer Rauchwolke: «Na wunderbar! Jeden Abend der gleiche Zirkus!» Sheila geht aus der Küche, sie kocht vor Wut, läßt sich gegen die Wand im Wohnzimmer fallen, Isabelle redet weiter. «Und du! Du weißt genau, daß er es nicht mag, wenn du rauchst, warum rauchst du dann?»

«Ich bin zwanzig Jahre alt, erinnerst du dich? Seit zwei Jahren bin ich volljährig, ein großes Mädchen mit dem Recht auf die Zigaretten, die der Cowboy raucht!»

«Na klar, aber dein Cowboy hat Krebs!»

«Sehr witzig! Und dein Mister Martini? Welche Krankheit hat der?»

Isabelle versinkt im Sessel, Sheila verschwindet in ihr Zimmer.

Sie sitzt auf der Bettkante, Juju neben ihr, sie heult vor Wut, schlägt sich mit der Faust auf die Knie. «Warum weinst du?» fragt Juju sachte. Sie sagt, es ist nichts, sie schluchzt. «Wenn du wüßtest, wie ich diesen Affenstall satt habe …» Sie sagt, die sind vollkommen hysterisch, für die Mutter muß sie sich abrackern, und der Vater erlaubt ihr nichts, sie ist doch schließlich zwanzig Jahre alt, das darf doch nicht wahr sein, sie wird noch genauso verrückt wie die, verdammt! wo hat sie denn ihr Taschentuch hingesteckt, es ist nicht im Ärmel, nicht im Ausschnitt, sie beugt sich vor, es ist auf den weißen Teppich gefallen, sie schneuzt sich.

«Weißt du, Juju, ich überlege es mir schon lange, aber jetzt ist es beschlossene Sache, ich haue ab. Morgen.»

Juju wird blaß, er reißt die Augen auf.

«Und wohin willst du?»

«Zu einer Freundin nach Paris. Maud, du kennst sie doch, ich habe dich einmal zu ihr mitgenommen, weißt du noch?»

Rue de Rennes, Juju erinnert sich vage, sein einziger Ausflug nach Paris. Er fragt, was sie da machen will. Und das Reisebüro? Sheila schnieft, sie weiß auch nicht.

«... nein ich gehe nicht mehr ins Reisebüro, ich habe es satt, die Reisen nur in meinem Kopf zu machen, und ich habe die Dubus satt ... Rio! Liebe Scheiße! Das ist doch nichts für mich ...»

«Und was ist mit mir?» fragt Juju mit Tränen in den Augen. «Läßt du mich hier?»

«Du mußt hierbleiben, Juju, du mußt die Schule weitermachen, ich will, daß du Pilot wirst und ganz weit von hier wegkommst.»

Sie hat sich an ihren Toilettentisch aus Rosenholz gesetzt, sie tupft ihre Augen mit einem Kleenex ab, das mit einer blauen Flüssigkeit getränkt ist. Tränen laufen über Jujus Wangen, er läßt den Kopf hängen und hat seine großen dunklen Augen geschlossen.

«Ich bin mir sogar sicher, daß sie nicht mehr zusammen schlafen ...», sagt Sheila.

Juju hebt langsam den Kopf, reißt die großen Augen auf, fragt:

«Sie fassen sich nicht mehr an?»

Sie hat das Kleenex weggeworfen. Sie quält ihren alten, verschlissenen Plüschhasen, der einmal gelb war und seinen Schwanz verloren hat.

«Ich glaube vor allem, daß sie in ihrem Leben nichts mehr machen. Nichts mehr in ihren Köpfen ... Sie sind nutzlos geworden ...»

Sie schleudert den Hasen quer durchs Zimmer, schreit:

«Und ich will nicht so werden wie sie!»

Sie setzt sich neben Juju auf die Bettkante, nimmt ihn in ihre Arme und sagt ihm, er soll nicht weinen. Es ist still. Auf dem Gang das Geräusch einer Tür, die geöffnet wird.

Die Wände in Armands Büro sind mit brauner Stofftapete bespannt, unten getäfelt, es gibt ein Bücherregal und einen Computer, auf dem Empire-Schreibtisch herrscht Ordnung; Schreibunterlage aus rotem Leder, Lampe aus Alabasterglas, Fachzeitschriften: *Der Weg zum Erfolg, Der intelligente Betrieb* ... Armand sitzt an seinem Schreibtisch, überfliegt ein Buch, *Strategie & Kommunikation – ein Leitfaden*. Isabelle hat vor dem Eintreten geklopft, man muß klopfen, bevor man Armands Büro betritt, und warten, bis er «Herein» sagt. «Was willst du?» fragt Armand barsch, Isabelle lächelt und sagt mit sanfter Stimme: «Na komm, es gibt Abendessen.» Er will nicht. «Eßt ohne mich, ihr könnt wohl auf mich verzichten.» Isabelle geht und knallt die Tür, nach einigen Schritten dreht sie sich um und schreit: «Scher dich zum Teufel!»

Beim Fernsehen essen Sheila und Juju die Steaks mit Pommes, Isabelle raucht und kippt Martinis, sie sagen keinen Ton, Sheila räumt den Tisch ab, und sie gehen auf ihre Zimmer. Wie jeden Abend bringt Sheila Juju ins Bett, und bevor sie ihm einen Kuß auf die Stirn gibt und sagt, «Schlaf gut, mein kleiner Juju», flüstert sie noch: «Und kein Wort zu den Eltern, ja? Du hältst dicht, versprochen?» Juju verspricht es.

Er war Damenfriseur in einem schäbigen Salon, sie machte gerade Abitur in einem Mädchengymnasium, sie wohnten im selben Viertel von La Varenne-Chennevières, sie in einem grauen Flachbau, er in einem bürgerlichen Haus.

Es war das Ende des Schuljahrs, des letzten Schuljahrs. Er lief an Isabelle und ihren Freundinnen vorbei, die auf der Terrasse vom «Café de la Mairie» saßen, und Isabelle wollte wet-

ten, daß sie den Typ in drei Tagen in der Kiste hat. Drei Tage, und er gehört ihr, und sie bumsen in einem Hotelzimmer in La Varenne, zwei Tage und drei Nächte nichts als essen und bumsen.

Sie liebte ihn, und er war verliebt, sie wollte heiraten, er nicht, aber einige Wochen nach den Nächten im Hotel fing sie an zu kotzen, und ein paar Monate später, das Abitur war vorbei, kam Sheila auf die Welt. Sie waren schon verheiratet, ihre Freundinnen waren gelb vor Neid.

Er hatte einen winzigen Salon gekauft, sie träumte von einem Haus im englischen Stil, mit Angestellten und einer Gouvernante für Sheila. Und von einem Sohn. Aber Armand wollte nicht noch ein Kind, noch so ein Problem, und so flog Isabelle zweimal nach London in eine Klinik, die Probleme löst. Sie stritten sich oft über das Kind, das es nicht gab.

Der Frisiersalon machte dicht, und Isabelle wurde Vertreterin, Armand wurde Klempner, Lastwagenfahrer und schließlich auch Vertreter, er zog ein Geschäft mit Konfektionskleidung auf, er sagte, daß er reich werden wollte, mit nichts als seinem Volksschulabschluß, um es den Leuten zu zeigen, sie antwortete, als Reicher wäre er immer noch ungebildet, er fragte sie, für wen sie sich hielt, ob sie vergessen hätte, woher sie stammt, sie war nun mal die Tochter von Prolos und kam aus einem Drecksloch. Kleiner Wichser, elender Versager, keifte Isabelle. Und sie zofften sich auch wegen der Sorgen, die Armand daran hinderten, öfter mit Isabelle zu bumsen, und wozu bumste er sie überhaupt, sie hatte nie Spaß dabei, selbst in den zwei Tagen und drei Nächten war sie nicht gekommen, sie hatte es nur vorgetäuscht, da war er sich sicher. Die Sache mit der Konfektionskleidung ging daneben.

Er sagte nicht viel, er lächelte nie. Eines Tages kotzte sie, eine absichtlich vergessene Pille, «London», sagte Armand, «niemals», meinte Isabelle.

Er wollte nicht zusehen, wie Isabelles Bauch rund wurde, deshalb hat er das Häuschen verlassen, das er vor der zweiten

Pleite billig gekauft hatte. Also suchte sie den Vornamen aus:
Julien.

  Er war zehn Tage alt, als Armand zurückkam. Er hat sich
nicht über Juliens Wiege gebeugt, hat sein Kind nicht geküßt,
er sagte, jetzt hätte er es, ein glänzendes Geschäft mit zwei
Partnern ...
  «Papa» war Juliens erstes Wort.

Jeden Abend im gemeinsamen Schlafzimmer dasselbe Ritual: er leert langsam seine Anzugtaschen aus und legt seine Sachen neben das Bett, die Brieftasche nach rechts, das Portemonnaie nach links, den Schlüsselbund in die Mitte, die Uhr und das Taschentuch neben das Portemonnaie. Er zieht seine Kleider aus und hängt sie über den Kleiderständer, richtet noch einmal die Bügelfalten, bloß nichts verknittern. Er schlüpft in seinen schwarzen, kragenlosen Seidenpyjama und in die Slipper aus schwarzem Lackleder.

Er zieht die Slipper aus und plaziert sie im rechten Winkel zum Bett. Er löscht seine Nachttischlampe, legt sich auf den Rücken, die Hände über der Brust gefaltet. Er schließt die Augen.

Im Badezimmer hat sie sich die Haare zurechtgemacht, noch etwas nachgeschminkt, sich über den kleinen Wasserstrahl im Bidet gesetzt und ein durchsichtiges Dessous übergezogen. Die dunklen Strümpfe behält sie an.

Sie macht ihre Nachttischlampe nicht aus, legt sich direkt neben Armand auf das himmelblaue Bettuch, regungslos.

Sie streichelt Armands Schulter, beugt ihr Gesicht über das seine und küßt ihn. «Laß mich schlafen, ich bin müde», sagt Armand. Isabelle nicht, Isabelle knabbert an seinem Ohr und flüstert ihm zu, daß sie Lust hat. «... Liebling ... entspann dich.» Ihre Hand gleitet seinen Körper hinunter, über die Brust, die Hüfte, den Bauch, ihr Gesicht geht mit, sie küßt den schwarzen Stoff, ihre Hand auf dem seidenen Hosenschlitz, erst streichelt sie, dann massiert sie. «Laß mich in Ruhe, verdammte Scheiße!» sagt er. Mit der Hand im Pyjama und dem Kopf dicht daneben sagt Isabelle ganz leise: «Ich habe Lust, dir einen zu blasen ...» Da richtet er sich auf, reißt ihr an den Haaren den Kopf nach hinten und schreit: «Jetzt nicht, verdammte Scheiße!»

Von dem «Scheiße» ist Juju aufgewacht. Im Finstern hört er Isabelle.

«Du bist wohl völlig krank?»

Und ihn, der schreit.

«Ja glaubst du, ich hab Lust zu bumsen, mit den ganzen Schwierigkeiten am Hals?»

Auf Zehenspitzen schleicht Juju aus seinem Zimmer. Der Flur, die Stimme von Isabelle.

«Erzähl mir nichts von Schwierigkeiten! Bei dir in der Hose ist schon lange Konkurs angesagt, das war doch noch nie anders! Du hast mir's nie richtig besorgt, kein einziges Mal! Du bist im Bett die gleiche Niete wie beim Geldverdienen, Waschlappen!»

Sie kauern auf den zerknüllten blauen Laken, links, rechts, er ohrfeigt sie. Isabelle, die Hände an den Wangen, die Augen aufgerissen.

«Bist du bescheuert, oder was? Du hast mich geschlagen? ...»

Er legt sich wieder hin und zieht die Decken zu sich.

«Laß dich doch von deinen beknackten Doktors durchvögeln. Na los, verschwinde. Laß es dir woanders besorgen!»

Isabelle stürzt sich auf ihn, schreit, prügelt auf ihn ein, er wehrt sich und versetzt ihr einen solchen Schlag, daß sie aus dem Bett fällt, ihr Kopf knallt gegen den Bettpfosten, sie ist am Ende, faßt sich an die Lippen und schaut danach auf ihre verschmierten Finger, blutig mit etwas Schminke, das macht sie rasend, und sie wirft sich wieder über ihn, krallt ihn, zerrt an seinen Haaren.

Juju macht in der Küche Licht. Er öffnet die Schublade des Formica-Tisches, die Schublade mit dem Besteck.

«Mistkerl! Drecksack!» kreischt Isabelle.

Er holt ein langes Tranchiermesser aus der Schublade.

«Dreckiger Schwuler, Arschloch!»

Die Pendeluhr über dem Tisch schlägt halb fünf, in das ganze Geschrei hinein, das Krachen das Poltern, vielleicht von umgeworfenen Möbeln zerbrochenen Lampen.

Sie hockt auf dem Boden, den Oberkörper ans Bett gelehnt, er steht, über sie gebeugt, schlägt sie und schreit sie an.

«Ich hab' dich satt, die Kinder hab' ich satt, verstehst du? Dieses Scheißleben hab' ich satt!»

Jetzt weint sie und fleht ihn an, versucht sich mit den Armen zu schützen.

«Armand ... ich bitte dich, hör auf ...»

Er geifert.

«Wir zwei, das ist ein Unglück! Du und ich, die Kinder! Ich wollte keinen Julien! Ein Unfall! Verstehst du mich, du hysterisches Stück?»

Er hat die Tür ohne einen Laut geöffnet. Er steht aufrecht, regungslos im Türrahmen. Juju schaut auf das zerrissene Nachthemd, auf die Brüste von Isabelle und den Mann, der sie prügelt. Sie bemerken Juju nicht, wie er in seinem weißen Schlafanzug mit der aufgedruckten Mickymaus dasteht. Seine Stimme ist ruhig.

«Hört auf oder ich schneide mir die Kehle durch.»

Sie sehen die Mickymaus, die Klinge des Messers, Isabelle zieht den zerrissenen Stoff zurecht, um den Busen zu bedekken, Armand hebt den Arm, um noch einmal loszuprügeln, da setzt Juju sich die Klinge an den Hals, und jetzt ist er es, der schreit und zittert.

«Ich warne euch, ich tu's wirklich! Ich tu's!»

«Der Knabe hat doch 'ne Macke! Geh ins Bett, Scheißer!» sagt er und fängt an zu lachen.

Er läuft auf Juju zu, drohend, Isabelle schnieft, er lacht nicht mehr.

«Nein Armand, laß das», stöhnt Isabelle, «faß Juju nicht an ...»

Er bleibt stehen. Hinter Juju taucht Sheila auf, blaues Nachthemd mit weißer Stickerei, sie sieht dem Mann fest in die Augen. Sie nimmt vorsichtig das Messer, legt ihren Arm um Juju, der zu schluchzen beginnt. Sie sagt: «Komm ...» Sie zieht ihn in den dunklen Flur, der Mann brüllt:

«Haut ab! Bring den Scheißer ins Bett!»

Er knallt die Tür zu. Darauf abrupte Stille.

Grauer Morgen, Regen an den Scheiben, Duft von Kaffee und Kakao, Isabelle im Morgenmantel, eine dunkle Brille über ihrem Veilchen, eine Kippe zwischen den geschwollenen Lippen, sie lehnt mit verschränkten Armen am Kühlschrank, zum Regen hin. Geschmierte Brote, Juju und Sheila frühstücken wortlos.

Juju schultert den Schulranzen, Sheila zieht sich den Mantel über. Isabelle hat sich nicht gerührt. «Wiedersehn, Mama», sagt Juju. «Tschüs», sagt Sheila. Isabelle seufzt: «Was für ein beschissener Tag.»

Sie hat ihren Bruder bis zur Schule begleitet und ihm gesagt, er soll es nicht so schwer nehmen, sie schreibt ihm, schreibt lange Briefe, in denen sie ihm alles erzählt, und vielleicht ruft sie sogar an, aber das wichtigste ist, daß er etwas lernt, alles andere ist egal. Sie gibt ihm einen Kuß auf die Stirn. «Mach's gut, mein kleiner Pilot.» Sie wischt sich eine Träne aus dem linken Augenwinkel.

Er verschwindet durch das Schultor, sie geht weg, er macht kehrt und läuft ihr nach. Zum Bahnhof.

Wrack aus grauem Metall, Vorortzug, sie sitzt in einer Fensterecke in Fahrtrichtung, ganz vorne im Wagen, er sitzt in einer Fensterecke in Fahrtrichtung, ganz hinten im Wagen, sein Herz schlägt heftig, ihm ist heiß, er schwitzt, seine Stirn ist eiskalt. Sie hat ihre langen blonden Haare hochgesteckt, trägt einen roten Mantel und schwarze Hosen. Sie hat die Stirn an die Scheibe gelehnt, die Augen unbeweglich auf die vorbeiziehende Landschaft gerichtet, ein Blick, der nichts festhält, während Julien den roten Mantel und die blonden Haare nicht aus den Augen läßt. Gleichmäßiges Rattern des Zugs, Sheila denkt an nichts.

Betonierte Wege statt grüner Hügel, Mietskasernen statt Einfamilienhäuser, in der Ferne eine riesige Fabrik mit Schornsteinen, die dicken grauen Rauch ausspucken, immer mehr Schienen, die sich in Weichen kreuzen, links ein enormer gelblicher Betonblock, einfarbig, ohne Öffnung, und oben am Block ein breites schwarzes Schild, auf dem steht in weißen Lettern: Montparnasse-Bienvenue. Lange Bremsgeräusche, der Zug hält.

Sie durchqueren den Bahnhof, in der linken Hand hat sie eine Reisetasche aus schwarzem Stoff, in der rechten eine Handtasche. Er hält ein paar Meter Abstand und versteckt sich hinter den Reisenden. Sie gehen eine breite Treppe hinunter, durch lange Gänge, noch mehr Treppen. Sie kommen zu den Schaltern der Metro.

Station «Montparnasse-Bienvenue», sie steigt hinten in

den Zug, er vorne. «Edgar-Quinet», er steigt aus, läuft und klettert in einen anderen Wagen. Er schiebt sich näher an sie ran. «Denfert-Rochereau», sie steigt aus, dichtgedrängte Menschenmenge, er stellt sich auf die Zehenspitzen, um sie nicht aus den Augen zu verlieren, auf seiner Stirn Schweißtropfen, und wieder Gänge und Treppen, seine Schultasche wird ihm schwer. Mit ausgestreckten Armen schiebt er die Leute weg, sagt: «Entschuldigung» und «Lassen Sie mich durch», eine Frau stürzt beinahe, ein Mann hält Juju an der Jacke fest und beschimpft ihn: «Kleiner Spinner, sonst geht's dir aber gut?» Aber Juju ist das egal, vor ihm der rote Mantel.

Sie schiebt eine Fahrkarte in den Schlitz an der Sperre, er hat keine Fahrkarte, Panik, jetzt muß er auch noch tricksen, er springt über das Drehkreuz, zum ersten Mal trickst er.

Das ist nicht die Metro, und hier stimmt was nicht, denkt Juju, er erinnert sich an die Fahrt an dem Tag, als sie Maud besucht haben, die dauerte nicht so lange, sie sind an der Gare Montparnasse ausgestiegen, das weiß er genau, vielleicht ist Maud umgezogen, oder Sheila hat gelogen, aber sie belügt ihn nie, sie erzählt ihm sogar ihre Geheimnisse.

Sheila im ersten Wagen, Juju im zweiten, die Augen auf dem roten Fleck. An den Stationen steigen Leute mit Koffern ein, warum so viele Koffer, Juju döst vor sich hin.

Sie steigt aus, die Leute mit ihren Koffern auch, Station Flughafen Orly. Juju kapiert nichts mehr. Gänge, große Rolltreppe, er hat schon Flughäfen im Fernsehen gesehen, aber noch nie einen in echt, der ist riesig und hell und voller Glastüren, die sich automatisch öffnen und schließen, voller Leute mit Wagen wie bei Mammouth, mit Koffern und Taschen auf den Wagen, voller Lärm, ein Flugzeug startet, Leute laufen und reden, und dann noch die sanfte Stimme einer Frau: «Ausgang zwölf steht zum Einstieg bereit Flug fünfhundertzweiundvierzig nach Rom», und die Schalter: British Airways, Alitalia, Air France … Sie ist dort hinten, sie hält einer Hostess am PanAm-Schalter ein Papier hin, das ist nicht möglich, denkt Juju, sie kann nicht das Flugzeug nehmen, sie kann ihn nicht hierlassen, «… Ladies and gentlemen …», sagt die sanfte Stimme, da rennt er los, will sie am Ärmel des roten Mantels ziehen.

Er zupft am Stoff des rechten Arms, an dem die Handtasche hängt, die Frau greift nach dem Gurt ihrer Tasche, dreht sich um und schreit: «Haltet den Dieb!» Juju läßt den Ärmel los und erstarrt: das ist nicht Sheila. Es ist eine Frau um die Fünfzig mit zu blasser, faltiger Haut, einem zu schmalen Mund. Sie schlägt um sich, sie schreit, man wollte ihr die Tasche stehlen, man muß etwas unternehmen, die Polizei soll kommen. Juju rennt weg.

Ihm ist heiß er schwitzt er zittert, er ist irgendwohin gelaufen, völlig durcheinander, er setzt sich auf einen Plastiksitz bei den riesigen Fenstern, die auf die Rollbahnen hinausgehen, stellt die Schultasche auf den Boden, zwischen seine Füße. Er denkt, daß er Sheila am Montparnasse verloren haben muß, er denkt, daß sie wohl bei Maud ist, und das beruhigt ihn. Aber wo wohnt Maud noch gleich? Er versucht sich zu erinnern … vor dem Bahnhof war eine sehr breite, lange Straße, die sind sie bis zum Ende runtergegangen, bis zu einem Platz mit einer Kirche, bis zu einem Boulevard … da war ein großes Gebäude am Ende der Straße und eine Bank unten drin, das erkennt er wieder, die Fassade der Bank war weiß, und in diesem Haus wohnt Maud. Und wenn er es nicht richtig wiederfindet, kann er auf dem Platz warten, und irgendwann sieht er dann Sheila, sie muß ja wohl oder übel mal rauskommen, vielleicht arbeitet sie in einem anderen Reisebüro nicht weit von Mauds Wohnung. Er denkt an Armand, an das Messer an seiner Kehle. Auf keinen Fall geht er zurück nach Mantes-la-Jolie.

Sie lebten in einer Sozialwohnung in La Courneuve, er war ein versoffener Kupferschmied, sie kümmerte sich um die sechs Kinder: Caroline-Caro, Catherine-Cathie, Bernadette-Bébé,

Roland-Roro, Frédéric-Frédo und Michel-Mickey. Mickey mochte nur Bébé, weil sie ihn oft ihren Busen anfassen ließ, und sie sagte nichts, sie fand das gut, und sie hatte echt dicke Titten, sie war dreiundzwanzig und Kassiererin bei Félix-Potin. Cathie war zwanzig und auch bei Potin, Verkäuferin in der Abteilung Obst & Gemüse, Caro neunzehn, sie tanzte in einer Peep-Show in der Provinz, «eine Nutte», sagte der versoffene Kupferschmied, Roro saß im Knast wegen einem Bruch, das war das dritte Mal, daß sie ihn bei einem Bruch geschnappt hatten, er war achtzehn, Frédo zehn, immer der Beste in der Schule, «nicht normal, der Kleine», sagte der Kupferschmied. Mickey war fünfzehn, und die Schule war ihm schnurz, er klaute lieber Mopeds, um sie weiterzuverkaufen und mit seinen Kumpels in den Kellern der Sozialsiedlung einen Joint zu rauchen. Und dann die Titten von Bébé. Seine Kumpels nannten ihn «Mick», er sagte, daß er später nichts machen wollte, keine Maloche, Zuhälter wollte er werden, und noch mit fünfzehn setzte Mick sich ab, weit weg von den Wohnsilos und weit weg von seiner Mutter, die er abstoßend fand, weil sie nach den Geburten so auseinandergegangen war.

Er war in die Höhe geschossen, ein Meter zweiundachtzig, sein Gesicht schmal, die Züge fein, seine halblangen Haare hatten eine stumpfe hellbraune Farbe, und seine Augen waren blau, der Körper fast mager, immer in einem langen schwarzen Mantel, einer schwarzen Lederhose, abgegriffen am Hosenschlitz, der Oberkörper in einem meergrünen Rollkragenpullover aus Acryl und die Füße in schwarz-weißen Turnschuhen. Sein Name war in ein schweres Silberarmband graviert, das er am rechten Handgelenk trug. Er war fünfundzwanzig.

Auf den Sitzen warten Leute. Ein Paar, bepackt mit Koffern, mit Plastiktüten, eingekreist von Kindern, die um sich schlagen, rennen und schreien, rechts von Juju eine elegante alte Dame mit Hut, die im *Bazar* blättert, links von ihm: Mick in seinem schwarzen Mantel, nach vorn gebeugt, Ellbogen auf den Knien, Kopf in den Händen, er klopft mit den Absätzen auf den Boden, und dann kratzt er sich am Kopf und an den Knöcheln, der Brust und an den Backen, er dreht den Kopf, sieht Juju und kratzt sich an den Eiern, Juju mit halboffenem Mund, fasziniert von den Fliegern auf der Rollbahn. Abrupt steht Mick auf und nimmt Jujus Schultasche, Juju schnellt hoch. «Hopp!» sagt Mick, lacht los, hält die Tasche über seinen Kopf, wendet sich um und geht fort, läuft schnell, springt von einem Bein aufs andere. «Meine Tasche!» ruft Juju und läuft hinter Mick her.

Ein Abfalleimer an der Wand, Mick dagegen gelehnt. Er redet mit nervöser Stimme, haspelig sagt er:

«Gar nicht schlecht dein Scheißkoffer. Schlag ich vielleicht fünfzig Zackn für raus. Mindestens …!»

«Bitte, gib mir meine Tasche wieder», bettelt Juju, Tränen in den Augen.

Lachanfall. Juju stürzt sich auf Mick, der ihn zurückstößt, aggressiv.

«Ja wie, kleiner Hohlkopf, was hat dich denn gepackt? Willste zeigen, daß du'n Mann bist?»

Er macht die Schultasche auf, wühlt darin herum, Bleistife und Kulis fliegen in den Abfalleimer, Bücher und Hefte: Abfalleimer.

«Du hast vielleicht 'n Chaos in deinem Scheißkoffer!»

Das Fliegermagazin.

«Und was ist das für'n Blättchen?»

«Bitte nicht wegwerfen! Das hab ich noch nicht gelesen!»

«Bitte nicht!» macht Mick Juju nach. «Höflich, der junge Mann! Interessiert an Fliegerei, Rattengesicht?»

«Ich will Pilot werden», flüstert Juju.

Mick legt einen Riemen der Tasche über seine Schulter und hält Juju das Magazin hin, der sagt: «Danke.»

«Keine Ursache», sagt Mick in einem netten Ton. «Willste welche von den Kisten aus der Nähe sehn? Willste welche anfassen? So richtig anfassen?»

«...»

«Hey, pennst du? Willste jetzt Flugzeuge gucken oder was?»

«O ja, das möchte ich gern!»

Juju lächelt, Mick spuckt in den Abfalleimer.

«Na los, komm, kleiner Hohlkopf.»

Sie laufen Gänge lang, Treppen runter und durch Türen mit Schildern «Zutritt für betriebsfremde Personen verboten» bis zu den betonierten Pisten: Hangars, Männer in Overalls und Flugzeuge, ein paar Meter neben dem staunenden Juju eine Boeing 727. «Na, Hohlkopf, wird die Windel naß?» fragt Mick, Juju sagt nichts, er geht zu der Boeing, berührt mit den Fingerspitzen den Gummi des riesigen Vorderrads links vom Triebwerk, das Fliegermagazin stört ihn, er steckt es in seine Jacke, die Hand auf dem kalten Metall, Nacht, im Cockpit unzählige Leuchtschalter, Juju als Pilot, Flug nach Rio. «He, ihr zwei dahinten! Was treibt ihr da?» schreien zwei Wachen neben den Flugzeughallen. «Scheiße, die Nerver!» sagt Mick, «wir hauen ab!» Juju hört ihn nicht, er ist unter dem Bauch der Boeing. «Was machste denn da, verdammt? Hol dir bloß keinen runter mit deinem Flieger, wir müssen hier weg!» schreit Mick und zerrt Juju am Ärmel. Statt dem dunklen Cockpit jetzt die Wachen, sie hauen ab.

Weg von den Hallen und den Wachen, sie legen im Terminal eine Pause ein, auf den Plastiksitzen neben der Fensterfront. Mick fragt Juju, was er denn in Orly zu suchen hat, und Juju erzählt von der Verfolgung, vom falschen roten Mantel, und Mick will alles wissen, warum denn die Verfolgung, und Juju erzählt ihm, wie sie beide ausgerissen sind, und von Maud, von der großen Straße vor dem Bahnhof, von der Bank, vom Reisebüro, Mick sagt, er sieht nicht aus wie ein Rumtreiber, er soll zurückfahren zu seinen Alten. Aber Juju widerspricht ihm, er will nicht zurück, er will Sheila wiederfinden, Mick sagt ja leck mich doch, Sheila ist der hinterletzte

Name, und er steckt ganz schön in der Scheiße, aber er kann ihn gut ab, er kümmert sich um ihn und findet die Schwester schon wieder. Er fragt Juju, wie er heißt, und Juju sagt es ihm, und er darauf, Juju, das gefällt ihm, besser als Julien, das klingt affig, und er sagt Juju seinen Namen, er kratzt sich dauernd, Juju fallen die schwarzen Fingernägel auf, die fettigen Haare, der abgewetzte Mantelkragen und die zerschlissenen Ärmel, er merkt, wie Mick immer nervöser wird, er zuckt mit dem linken Auge und hat kleine Grinde auf der Hand, wo die Venen verlaufen. Die sanfte Stimme hat den Abflug der Maschine nach Moskau angekündigt, und Mick ist aufgestanden. Er sagt, sie müssen sich jetzt loseisen, die Metro nehmen. Sie durchqueren die Empfangshalle, Juju will wissen, wohin sie gehen, zu Trickse, antwortet Mick, wer denn Trickse ist, fragt Juju, Mick kratzt sich am Sack und lacht, das ist seine Schwester, also irgendwie so, und dann sind sie am Fahrkartenschalter. Juju will noch wissen, die Eltern von Mick, wo die denn wohnen, und Mick sagt, er stellt zu viele Fragen, kapiert, Hohlkopf!

Im Tunnel, vorderster Wagen. «Wir hauen uns jetzt hier auf den Klappsitz», sagt Mick. Sie setzen sich hin, Mick kratzt sich an der Nase und erklärt, daß er jetzt Geld abgräbt, wenn man auf der Straße ist, muß man das, in seinen besten Zeiten hat er ganz schön was abgezogen, aber es nervt, die Spießer um Spenden zu bitten, die Spießer kotzen ihn an. Er steht auf, streckt seine Hand mit den dreckigen Fingernägeln aus und sagt: «Tschuldigung, hab'n Sie 'n bißchen Kleingeld übrig, zum Essen und zum Waschen, Essensmarken gehn auch.» Als er den Wagen durch hat, kommt er zu Juju zurück und zeigt ihm die Spenden. Zwei Zackn. Alles Wichser!

Sie wechseln oft den Wagen, auf einem Bahnsteig blafft Mick die Leute an, diese Aasgeier, wünscht ihnen einen guten Appetit, Arschlöcher, so muß man mit denen reden, Affengesichter. «Alles Affengesichter, ich sag's dir, Juju!» Der Kleine müde, zu viele Gänge, zu viele Treppen, und die Tunnel, die mag er nicht, die Metro auch nicht, nie könnte er eine Metro steuern, und überhaupt, die Metro hebt nicht ab und landet nicht. Das letzte Mal umsteigen, kündigt Mick an, Richtung Porte Dauphine müssen sie an Barbès vorbei und die Scheißtasche von Juju losschlagen.

Place de Stalingrad, Hochbahn, die Stadt im Grau, die Stirn von Juju an der Scheibe, unter seinen Füßen der Canal Saint-Martin. Gleich danach Chapelle, Mick schüttelt Juju, hier steigen sie aus. Er zählt das zusammengebettelte Kleingeld, nicht einmal zwanzig Zackn, er schaut die Leute in der Metro an und sagt voller Haß, mit verzerrten Lippen:

«Die kotzen mich echt an, diese ganzen verratzten Visagen»

Er schließt seine Faust um die hellen Münzen, er schaut Juju an.

«Hast du noch nie Lust gehabt, einen umzubringen?»

«Äh ... umbringen, wen denn?»

«Irgendwen, weiß nicht, den ersten Depp, der kommt.»

Quai Chapelle. Eine große Treppe, der Ausgang.

«Deine Alten zum Beispiel!»

«Was ist mit denen?»

«Na ja, wolltest du die nie umlegen, deine Alten?»

Juju bleibt stehen. Verwundert schaut er Mick an und schüttelt den Kopf.

«Warum soll ich die umbringen? Spinnst du?»

Mick antwortet nicht. Er läuft die große Treppe hinunter, die letzte Stufe, Asphalt, Mick packt Juju fest am Jackenkragen, er wird ganz weiß im Gesicht und zieht den Jungen zu sich heran, seine Stimme ist tonlos:

«Du hast recht, ich hab 'nen Knall. Aber du wirst schon sehen, Juju, eines Tages willst du auch einen umlegen!»

Er läßt den Jackenkragen los, klopft ihn mit seinem Handrücken ab, wischt sich Speichel von den Lippen, kratzt sich an der Wange und fängt laut an zu lachen. Er legt den Arm um Juju und zieht ihn mit auf den Boulevard de la Chapelle. Jetzt ist es Juju, der bleich ist, Mick hat ihm ziemlich angst gemacht.

Sie gehen den Boulevard hinauf, kommen an einem Dampfbad mit blau-weißer Front vorbei, an heruntergekommenen Häusern und Hotels, an Boutiquen mit knallbunten Klamotten, an winzigen arabischen Restaurants. Sie bleiben stehen. «Warte hier auf mich», sagt Mick, «ich bin gleich wieder da, und paß auf deinen kleinen Arsch auf, das ist eine heiße Gegend!» Er geht in einen Laden, auf dem Gehweg davor Metallkoffer, Reisekoffer und Taschen, im Schaufenster Gewänder und lange, mit Gold- und Silberfäden durchwirkte Kleider. Als er herauskommt, hat er nicht mehr die Tasche von Juju über der Schulter hängen, dafür zwei Zwanziger in der Hand.

«Vierzig Francs für deinen Scheiß! Das sind doch Ratten, die Araber!»

Schwarze, Araber, der Boulevard belebt sich, *Tati*, ein einziges Gedränge, auf dem Asphalt festgetretener Abfall, eine Metro steigt aus dem Untergrund hoch, eine andere taucht ab, Geruch von Fleisch, von Merguez, Mick hat Hunger, Juju auch, Station «Anvers», zwei Sandwichs vom Tunesier, eine Dose Cola. «Pigalle», Cafés Sex-Shops Strip-Schuppen Peep-Shows, in den glänzenden schwarzen Pupillen von Juju: zur Schau gestellte nackte Körper unter farbigem Neonlicht. «Blanche», letzter Schluck Cola, sie gehen die Rue Lepic hinauf bis zu einem alten schmalen Haus mit Salpeterkrusten. Geruch von Schimmel, ein schummriger Flur, sechs Stockwerke hoch knarzende Treppen. Dunkler Treppenabsatz, dreckige Wände, Türen mit verzogenen Rahmen, Mick klopft.

Sein Körper war geschmeidig, seine Schultern zu breit, die Hüften zu schmal und seine Finger zu grob, sein Gesicht hatte feine Züge, eine kleine Stupsnase, dunkle, mandelförmige Augen mit langen, hochgebogenen Wimpern neben der dünnen Spur von ausgezupften Härchen. Er hatte volle Lippen und hohe, runde Wangenknochen, seine Haare waren schwarz, kurz, glatt und auf der rechten Seite akkurat gescheitelt, seine Brust war hart und oval, mit zwei mächtigen Brustwarzen. Zwischen den Beinen ein Kinderschwänzchen und in einer Hautfalte zwei verkümmerte Eier.

Victorien ging anschaffen, und das Geld, das er mit den Freiern verdiente, versteckte er in einer Miniaturkommode im Louis-seize-Stil. Er war sechzehn, und noch nie konnte er seinen Körper leiden, er war zu platt, zu schwächlich, weder sein Gesicht noch irgend etwas anderes gefiel ihm an sich selbst, egal ob außen oder innen. Also fing er mit den Brüsten an, sie sollten groß und prächtig werden, kein Problem, wenn man Hormone schluckt, und seine Brüste wuchsen, die Hüften wurden etwas runder, sein Körper veränderte sich, nicht aber sein Gesicht. Deshalb tat er ganz viele Freier in die kleine Kommode, er rackerte sich dafür ab und trug die Freier zum plastischen Chirurgen, und seine Nase wurde «à la parisienne», seine Lippen voller und seine Wangen runder. Sie war achtundzwanzig, Victorien gab es nicht mehr, sie war Trickse, das Ganze hat Jahre gedauert und sie ein Vermögen gekostet, kilometerweise Schwänze lutschen, sich reinstecken, die Kommode auf und zu, jahrelang. Sie zwängte ihre glatten schwarzen Haare unter blonde oder silberne Perücken, sie hätte sich die Haare wachsen lassen können, aber das wollte sie nicht, sie wußte nicht genau warum, da war irgendwas nicht ganz klar. Es waren dieselben Haare, derselbe Scheitel wie als Kind, ein dunkler Fleck in der Erinnerung, begraben unter künstlichen Farben.

Verschlafen, in einem langen nachtblauen Morgenrock, der glänzt wie Satin, gelbe Troddeln an den himmelblauen Hausschuhen, die Haare zerzaust, öffnet Trickse die Tür, reibt sich die Augen, die Fingernägel sind schwarz lackiert. Mick lehnt sich mit der Schulter gegen den Türpfosten.

«Hallo Trickse alte Schickse!» läßt Mick los.

«Mick du Mistkerl …», sagt Trickse mit tiefer, müder Stimme. «Du fehlst mir noch. Ich war grad im Bett und total weg.»

«Und wer war der Glückliche, Schätzchen?»

«Weißt du, wann ich mit meinem letzten Kunden fertig war?» Mick lächelt, Trickse nicht. Ihr Gesicht ist auch müde. Mick schiebt sich näher an Trickse ran, sein Lächeln erstarrt, er macht große Augen, ein entsetztes Gesicht.

«O Scheiße, Trickse! Du siehst aus wie Wichse!»

«Sehr witzig, Arschloch!»

Mick lacht sich fast tot, sagt, daß er gut ist heute, verdammt nochmal, er ist genial, er dreht sich zu Juju um.

«Bin ich nicht genial, Kleiner?»

Trickse beugt sich vor, der Morgenrock fällt über dem allzu üppigen Busen auseinander, sie entdeckt Juju, der sich hinter Mick herumdrückt.

«Wer ist denn der Junge?»

«Das ist mein Kumpel Juju!» antwortet Mick und klopft ihm auf die Schulter.

Juju steht der Mund offen, er läßt die Arme hängen, ist fasziniert von Trickse, bringt ein «Guten Tag, Madame» heraus, Mick fällt um vor Lachen. «Jetzt halt mal deine große Klappe, ja!» geht Trickse hoch, und Mick hält seine große Klappe.

«Und wo hast du deinen Juju aufgetan?»

«Ich erzähle dir alles, wenn du uns reinläßt.»

Sie gehen in das Zimmer mit dem großen ungemachten Bett, rosa Bettlaken, Decken aus Zebraplüsch, Blümchentapete mit blaßblauen Sträußchen auf weiß-grauem Grund, alter roter Samtsessel auf weißem Teppichboden, auf einem niedrigen schwarzen Plastiktisch ein Fernseher und auf dem Fernseher ein Styroporkopf mit einer Silberhaarperücke. Ein Frisiertisch aus Rosenholz, beleuchtet von einem Kreis nackter Glühbirnen um den runden Spiegel, Schminkzeug, eine abgegriffene Plüschgiraffe mit verdrehtem, abgeknicktem Hals und eine angebrochene Flasche Wein, ein Weinglas, schmutzig, Zigaretten, eine große Streichholzschachtel, ein Aschenbecher mit Kippen, eine blonde Perücke. Neben dem Sessel ein großer Schrank, auch aus Rosenholz, und kein Foto im Zimmer, nur ein riesiges Poster von Marilyn auf den blaßblauen Sträußchen. *Elle, Glamour, 20 Ans* und andere Frauenzeitschriften auf dem weißen Teppich und Kleidungsstücke über den roten Sessel verstreut: ein Paar Netzstrümpfe, ein String aus schwarzer Spitze und ein transparenter BH. Es ist warm, zwei Vorhänge zugezogen, elektrisches Licht, Geruch nach Tabak, Parfum, feuchten Wänden.

Sie steckt sich eine Zigarette an, gießt sich einen Schluck

Wein ein, versucht mit einer langsamen Handbewegung, sich die Haare glattzustreichen.

«Also? Wo hast du ihn her?»

«Vom Flughafen», antwortet Mick, ausgestreckt auf dem Bett, die Beine außerhalb.

Ein Schluck aus dem Weinglas, sie stößt eine Tür neben dem großen Bett auf, geht in die Naßzelle-Kochnische, läßt die Tür halb offen.

«Und was treibst du am Flughafen?»

«Geld ranschaffen.»

Kaffeeduft. Mick steht auf, steckt sich eine Zigarette an und trinkt einen Schluck Wein aus der Flasche. Er kratzt sich am Hintern und streckt sich wieder aus.

«Und der Junge? Was hat der da zu suchen?»

Mick erklärt, daß Juju von zu Hause abgehauen ist, seine Schwester auch, daß er dachte, sie wär am Flughafen, aber da war sie nicht, daß er nicht zurück zu seinen Alten will, er will seine Schwester wiederfinden, und deshalb … Trickse unterbricht ihn.

«Hör mit dem Geseire auf, ich kapiere nichts!»

Mick ist still. Er steht auf, macht ein paar Schritte, läuft im Kreis, er kratzt sich wütend den Kopf die Wangen die Hände, kauert sich hin, steht wieder auf, er breitet die Arme aus, läßt die Fingergelenke knacken, im Bad wird ein Wasserhahn aufgedreht, ein Wasserstrahl, Mick tritt an die halboffene Tür, er will was sagen, er räuspert sich, schluckt ein «Ähm» runter, ein «Also». Er kratzt sich unter den Armen und setzt an, Honigstimme:

«Ähm … also, Trickse … ähm, ich hab nicht einen Schein für heut abend …»

«Ja und?» fragt Trickse.

«Tja … wenn du mir dreihundert rüberschieben könntest … das wär riesig nett von dir …»

«Scheiße, das geht nicht!» antwortet Trickse mit zu tiefer Stimme, total entnervt. «Immer der gleiche Zirkus mit dir, du hast nie was! Ich hab grad mal dreihundert Zackn, um mein Päckn zu kaufen, das ist alles. Ich dachte, du hast dir am Flughafen was verdient!»

«Nee, hab nichts eingenommen! Es gibt so Tage, kennst du doch ...»

«Du mußt Djamel doch nur um Kredit bitten. Du bist ein guter Kunde, oder? Der verdient ja nicht schlecht an uns!»

Mick läßt nicht locker, winselt, nur zweihundert Zackn ... Djamel ist eine Ratte ein Dreckskerl der gibt nie Kredit, selbst wenn man sich dem vor die stinkenden Füße werfen würde; und morgen zahlt er's zurück, versprochen, Ehrenwort, und echt, morgen zahlt er ihr das Päckn, sie kann ihn nicht so hängenlassen, sie muß ihm einfach aus der Scheiße helfen, verdammt.

«Bitte ...»

Aus dem Bad fast ein Schrei.

«Nein, Mick! Hör auf!»

Auf seinem Gesicht Wut. Er setzt sich auf die Bettkante, verschränkt die Finger, löst sie, beugt seinen Oberkörper nach vorn, lehnt sich wieder zurück, steht auf, dreht sich einmal um, setzt sich hin. Juju steht da, an die Wohnungstür gedrückt, wagt nicht, sich zu rühren oder was zu sagen. Trickse taucht wieder auf. Sie hat ein weißes Longshirt mit kurzen Ärmeln angezogen, eine weite Haushose, sie ist barfuß, ihre Fußnägel sind schwarz lackiert, ein akkurater Scheitel auf der rechten Seite trennt ihre glänzenden, glattgekämmten Haare, ebenso schwarz wie ihre Fußnägel. Sie sieht Juju in der Tür.

«Ja, was stehst du denn da rum, Jungchen? Kannst du dich nicht hinsetzen?»

Juju sieht sich nach einem Platz um.

«Nimm die Sachen vom Sessel und setz dich hin, Jungchen.»

Er nimmt verlegen die Strümpfe den String den BH weg, legt sie aufs Bett und setzt sich. Sie streicht ihr Haar mit der

Hand glatt, geht an ihren Frisiertisch und redet mit Mick, ohne ihn anzusehen.

«Bitte hör jetzt auf, so'n Gesicht zu ziehen!»

Nie sieht sie Mick an, wenn sie mit ihm spricht.

Langsam massiert sie ihr Gesicht mit einer Creme. Mick starrt auf den Teppich, kratzt sich schweigend an den Knöcheln und sagt nichts, Jujus Augen sind auf Trickse gerichtet, die fragt:

«Und was wird mit dir, Jungchen?»

Sie zeigt mit dem Kinn auf Mick.

«Mit dem kommst du nicht weit ... weißt du.»

«Julien! Sein Vorname ist JU-LIEN!» sagt Mick böse.

Sie zuckt mit den Schultern, dreht sich um, sieht Juju an, und zum ersten Mal lächelt sie. Sie stößt einen spitzen Schrei aus, die Hand auf dem Kopf, sagt mit sanfter Stimme:

«Julien ... Juju ... Jungchen.»

«Du bist völlig durchgeknallt», murmelt Mick.

«Hör auf! Mach dich lieber nützlich! Ich hab mein Glas im Bad vergessen, geh's mir holen. Sei so gut.»

Er holt das Glas, stellt es unsanft auf den Frisiertisch, Trickse gießt es bis zum Rand voll. Auf die Lider kommt blaue Schminke.

«Und wo pennst du, Jungchen?»

«Kümmer ich mich drum», antwortet Mick.

Kajal, ein dicker Lidstrich, Mick will die Kohle, bald ist Zeit fürs Treffen mit Djamel, Trickse kramt im Schrank, sucht ihre kleine Handtasche, besetzt mit silbernen Pailletten. Sie zieht drei Hundert-Franc-Scheine raus, hält sie Mick hin, der steckt sie in seinen Mantel.

«Aber nicht, daß es drei Stunden dauert, bis du wieder da bist», sagt Trickse, «ich muß malochen, und mach dir keine Sorgen, ich geb dir was von meinem Päckn ab, ich bin keine Schlampe, ich werd doch nicht vor deinen Augen drücken und dich verrecken lassen.»

Sie schnippt mit den Fingern in Richtung Juju.

«Komm her!»

An den Schrank gelehnt, die Hände in den Hüften, lächelt sie Juju an.

«Tschüs, Jungchen!»

«Auf Wiedersehen, Trickse.»

Mick macht die Tür auf.

«He, Mick! Und nicht daß du mich verarschst!»

Sie sind auf dem Treppenabsatz, hinter der Tür die Stimme von Trickse.

«Und gib auf den Jungen acht!»

PLACE BLANCHE –
BARBÈS-ROCHECHOUART

Rue Lepic, Boulevard de Clichy, Mick, Hände in den Mantel-
taschen, Kopf eingezogen, er läuft zu schnell für Juju.

«Drecksnutte! Die kotzt mich vielleicht an, die Drecksnutte!»

«Warum schimpfst du so auf sie?» fragt Juju gekränkt und
schnappt nach Luft.

«Oh, entschuldige bitte, Jungchen! Ich vergaß, daß sie's gut
mit dir meint, die Flitsche! Vielleicht juckt's dir in der Hose,
bißchen rumficken, hä?»

«Ich finde sie nett! Und außerdem ist sie schön!»

Mick prustet los vor Lachen, vor einer Peep-Show bleiben
sie stehen. Mick legt seine Hände auf Jujus Schultern.

«Du mußt sie bloß heiraten und ihr viele Kinder machen!»

Juju läßt den Kopf hängen. Das hat gesessen, er zieht ein
Gesicht, Mick entschuldigt sich.

«Ich läster ja nur, Juju, ich mag Trickse gern. Ich find sie
auch stark!»

Sie laufen wieder los, Juju zieht kein Gesicht mehr.

«Trotzdem ist sie eine alte Schlampe», murmelt Mick.

«Anvers», «Pigalle», Juju hat noch nie so viele nackte
Frauen gesehen wie hier unter den Neonlichtern. Ab und zu
bleiben sie stehen, und Mick gibt seinen Kommentar ab, die
eine da, ein Heck wie ein Dampfer, hoch lebe die Seefahrt!
Und die da, Möpse wie Milchtüten, hoch lebe die Normandie!

«Na? Gefällt dir, was Juju?»

«Ein lustiger Vorname, ‹Trickse› … Warum heißt sie
Trickse?»

41

«Da schau einer an! Du bist wirklich verknallt!»

Mick denkt nach. Er zieht Juju raus aus der Peep-Show. Er kratzt sich die Nase und sagt, daß er es ihm erklärt. Er stellt sich vor Juju hin und zeigt mit dem Zeigefinger auf seine Brust.

«Schau mal, da ist die Trickse getrickst.»

Er zeigt zwischen seine Beine.

«Da, getrickst. Also … fast.»

Die Finger fahren in die Haare, er greift sich eine Strähne.

«Aber da, das versteh ich auch nicht. Kapierst du's?»

«Was kapiern? Ich hab gar nichts verstanden.»

«Schon gut, o. k., muß ja nicht sein, wir hauen ab. Viel verstehst du echt nicht, Kleinhirn. Woher kommst du?»

Barbès, die Metro, eine kleine Straße, die in die Goutte d'Or mündet, es ist fast Nacht, Mick muß in dieses Sträßchen, um Djamel zu treffen, Juju soll dort drüben auf ihn warten, unter der Metro, er braucht nicht ewig, Juju soll sich nicht von der Stelle rühren, er holt ihn gleich wieder ab, und sie gehen dann zum Schlafen in ein leerstehendes Haus.

Juju überquert den Boulevard und drückt sich in die Nische zwischen zwei Betonpfeilern. Er zieht sein Fliegermagazin aus der Jacke, über ihm ein Höllenlärm: die Metro, die über seinem Kopf fährt.

«Couscous – Tajine – Tagesessen» steht in weißen, handgeschriebenen Buchstaben an der beschlagenen Frontscheibe einer versifften Kneipe, dem «Café des amis». Ein alter, zahnloser Araber hinter dem Tresen, einem ehemaligen Ladentisch, ansonsten noch ein paar Araber, die Kaffee oder Bier schlürfen, Karten spielen. Massig, mit kurzen, gelockten Haaren sitzt Djamel in einer Ecke, gleich neben dem Klo, eine Narbe von der Schläfe bis zum Kinn, Anzug aus Kammgarn, violette Krawatte, fünfzig fette Jahre an den Fingern und den Handgelenken, am Zeigefinger einen großen Diamanten. Mit ihm am Tisch ein junger Tunesier mit langen, fettigen Haaren, spitzes, finsteres Gesicht, das T-Shirt unter der Bomberjacke war irgendwann mal weiß, und eine Französin im gleichen Alter, dürr, ordinär geschminkt, abgekaute Nägel blondierte Haare buntes Wollwestchen über ihrem kleinen, flachen Busen. Auf dem Tisch die Reste von Couscous mit Balaouane. Sie sind fertig mit dem Essen, Narbe rülpst, Mick kommt rein.

Er steht vor Narbe, der eine lange, dicke Zigarre raucht und sich zwischendurch in den Zähnen stochert. Mick hampelt und zappelt, sagt: «Hallo Djamel!» Keine Antwort, nur ein leerer Blick. Mick ringt sich ein Lächeln ab, kratzt sich an der Backe.

«Hallo Brigitte!»

Ein versoffener Blick, die Wimpern tauchen ab, die ferne rauhe Stimme von Brigitte.

«... llo ...»

Kleiner Gruß mit der Hand zu dem Tunesier mit den fettigen Haaren.

«Hallo Assous!»

Kein Blick, Gruß mit der Hand.

«Du könntest ihm guten Abend sagen, Djamel ...», sagt Brigitte stockend, die Nase über dem Teller.

«Du hältst die Klappe», sagt Narbe, «und ich mag nicht, wenn du dich zusäufst, das weißt du genau, Schlampe!»

Sie weiß es und hebt wieder den Kopf. Narbe fragt Mick, was er will, und Mick sagt ganz leise, ein Päckn für dreihundert. Narbe nickt Fettscheitel zu, der schiebt Mick eine zerknüllte Serviette rüber. «Unter der Serviette», sagt der Tunesier. Mick wischt sich die Lippen mit der Serviette ab und nimmt das Päckn in den Mund. «Los verschwinde», sagt Fettscheitel, «und morgen kreuzt du hier nicht auf, zu heiß hier. Selbe Zeit in der Rue Stephenson.» Das ist o. k. für Mick, aber bevor er geht, will er noch mit Narbe reden, ob er für ihn verkaufen kann, er beschafft ihm eine Menge Kunden, keine Junkies, saubere Typen, er wird zufrieden sein. Er redet und

43

legt eine Hand auf den Arm von Narbe. «Nimm deine Pfoten runter, Scheißkerl, du versaust mir den Anzug!» Mick nimmt seine Hand weg und entschuldigt sich, schweißnaß, Narbe sagt ihm, daß er schon einmal für ihn verkauft hat, und da hat er ihn um drei Gramm beschissen. «Djamel, du weißt genau, daß das nicht meine Schuld war! Drei schwarze Arschlöcher ham mich überfallen! Und ich hab's dir zurückgezahlt!» Nichts mehr, Stille, Narbe rülpst noch einmal. «Vielleicht kann ich dich brauchen, Scheißpenner. Assous sagt dir Bescheid. Verschwinde!» Mick kann's kaum fassen, redet drauflos, kratzt sich ohne Ende, bedankt sich fünfmal, sagt zu Narbe, er ist ein hypersupercoolernetter Typ, echt, Narbe poliert seinen Diamanten und sagt, daß er kein Typ ist, er ist DJAMEL, und Mick entschuldigt sich noch einmal.

«Also tschüs, morgen da, wo du gesagt hast, Assous!»

«Geh durchs Klo raus!»

«Stimmt, kein Problem, danke Djamel!»

Mick lacht in die Nacht hinein. Er betatscht sein Päckn, dreht es im Mund hin und her, er läuft schnell, rennt, hin zu seinem Schlafplatz, redet leise, dann schreit er.

«Djamel, du bist ein großer Scheißer! Ein Drecksaraber! Fick dich, Djamel, fick dich!»

Für Trickse läßt er nichts übrig, er sagt einfach, drei schwarze Arschlöcher haben ihn überfallen.

Blutrote Lippen, Silberperücke mit Fransen bis zu den Brauen, der Busen quillt aus einem Silberlamé-BH, über den netzbestrumpften Beinen ein ultrakurzer schwarzer Lederrock, schwarze Lackleder-Pumps mit Pfennigabsätzen. Auf dem Bett liegt eine weiße Pelzjacke. Trickse sitzt gleich neben dem weißen, kurzen Fell, beide Hände auf ihrem Bauch, sie beugt sich vor und zurück, der Schmerz unter der Schminke, im Bauch, sie kratzt sich nervös die kleinen Grinde auf ihren Venen, in der linken Armbeuge.

«Mick ...»

Schmerz und dann Wut, sie schmeißt ihre Paillettentasche quer durchs Zimmer und schreit.

«Dreckskerl!»

Sie bricht in Tränen aus.

Er steigt über Bauschutt, Mauerreste, geht durch einen Gang, links und rechts Schuttbrocken, klettert eine Treppe mit eingebrochenen Stufen hoch, stößt eine Tür ohne Schloß auf. Mit einem Feuerzeug in der Hand kommt er in ein Zimmer, das Fenster ist zugemauert. Eine Matratze, eine Decke auf dem Boden, zersprungene Bodenfliesen, Dreck. Er zündet Kerzenstummel an, richtet sich auf der Matratze ein, und in dem schwachen Licht macht er aus dem Pulver im Päckn eine heiße braune Flüssigkeit, zieht sie auf eine Insulinspritze und sticht die Nadel in eine noch frische Kruste auf dem Handrücken. Die braune Flüssigkeit läßt seine Haut bleich werden, der Kopf sackt auf die Brust, er bleibt lange sitzen, in seinem Kopf eine weiße Sprechblase wie im Comic, seine Sprechblase ist leer. Weiß, sonst nichts, Micks Körper legt sich hin.

Er hat Angst zwischen den Pfeilern, fünfmal fahren die Bullen mit Blaulicht vorbei, fünfmal will er sich in den Beton drücken. Die Metro über seinem Kopf fährt nicht mehr, Schwarze und Araber sind nur noch Schatten. Er weiß nicht, was er tun soll, ist verzweifelt, denkt an Mantes, an Sheila, an seine Modellflugzeuge, die in seinem Zimmer von der Decke hängen. Er fängt an zu weinen und denkt an Trickse.

Ihm ist kalt, er geht den Boulevard hinauf, ihm fällt die Straße ein, das alte Haus, er kommt an Strichern vorbei, an torkelnden Besoffenen, die nackten Frauen auf den Hochglanzfotos sind ausgeschaltet.

Müde klettert er die sechs Stockwerke in der Rue Lepic nach oben, klopft an der Tür, mehrmals, und rutscht an der Wand nach unten. Er schlägt den Jackenkragen hoch, verschränkt die Arme über dem Bauch, und mit angezogenen Beinen schläft Juju ein …

*

Pariser Westen, sie stehen an dem breiten, verlassenen Boulevard, links und rechts Bürgerhäuser und Luxusschlitten, sie kommen von überall und nirgendwo: Nadia, genannt die Rutsche, aus La Goulette, ihr langer Körper zu mager, Silikongesicht, rosa Fegerfrisur, unter ihrem dunklen Pelzmantel fast nackt, nur ein Mini-Slip, BH, Strapse und die Beule im Slip, etwas zu dick; Nicotine, die Pariserin im Panther-Overall, offen bis zum Nabel, kurze blonde Haare, ihre eigenen, Gitane zwischen den gelben Fingern, daher der Name; Vinyl die schwarze Portugiesin, die sagt, sie ist Brasilianerin, gebleichte Afro-Mähne, Shorts, Blouson, Stiefel und Handtasche aus Vinyl, zarte Schultern, schmale Taille, die Hüften rund, der Hintern prall und nichts zwischen den Beinen, Vinyl ist die einzige Operierte; und Goldmira, am längsten dabei, die größte, die älteste, vierzig Jahre, davon zwanzig auf der Straße, von ihren Dockarbeiterschultern hängt ein Silberfuchs, rahmt ihren üppigen Busen ein, der sich in einem hautengen schwarzen Kleid mit V-Ausschnitt wölbt, in der Taille zusammengeschnürt von einem breiten weißen Gürtel mit schwerer runder Goldschnalle, die Beine stark und muskulös, nackt in hochhackigen Schaftstiefeln. Kantiges Kinn schmaler Mund violette Lippen; über der Adlernase, unter den dichten Brauen: zwei Kajalkringel, falsche Wimpern und in den Kringeln ein Paar Augen, passend zur Gürtelschnalle, goldbraun, seltsam und starr. Das Haar, von einem Elastikband gehalten, fällt ihr in dunklen Locken in die fliehende Stirn und über die Ohren, an denen zwei große goldene Ohrringe baumeln. In ihrer linken Hand ein weißes Lackledertäschchen. Auf dem Fußweg gegenüber vier Nutten, echte Frauen.

Jemand läuft vorbei, ein Auto wird langsamer, hält an, fährt sachte wieder los, eins von den Mädchen auf dem Todessitz, oder prescht mit Vollgas davon, die Echten oder die Falschen schimpfen hinterher.

Auf der «falschen» Straßenseite kommt jemand auf Goldmira zu: das runde Gesicht kaum geschminkt, ein blonder Zopf hängt vorne runter, zwischen den kleinen Brüsten in einem weißen BH, weiß die Strümpfe, die Strapse, die hohen Absätze, blaue Jacke mit Spangen auf den Schulterstücken, oversized bis zu den Knien. Goldmira fragt, was es denn hier zu suchen gibt, und sie hört, daß man Goldmira sucht.

«Und was willst du von Goldmira?»

«Caro, eine Freundin von ihr, hat mir gesagt, ich könnte sie hier finden, und sie würde mich plazieren.»

«Caro, die alte Flitsche! Goldmira bin ich. Und mein Name hat zwei Teile: Gold und Mira, kapiert?»

Nein, nicht kapiert, also erklärt Goldmira: «Mira» heißt auf spanisch «schau», und «Gold» ist wegen der Farbe, und außerdem steht da eine goldene Figur auf einer Säule und hat ein Auge auf den Boulevard.

«Na los, sieh dich um, Blondzopf, wo ist sie?»

Blondzopf sieht sich um. Doch da sind nur Häuser und Autos, keine goldene Figur auf einer Säule.

«Also ich sehe nichts ... war das ein Witz?»

«Die Figur, die auf alles achtgibt, die bin ich! Ich erklär's dir ...»

... Sie verteilt die Plätze, sie kümmert sich drum, wenn's Streß mit Kunden oder unter den Mädchen gibt, und Freier, die sie nicht bedienen will, ausgefallene Wünsche, die gibt sie weiter an Kolleginnen, aber das geht halbe-halbe, so ist das, basta, und wie heißt Blondzopf mit Vornamen?

«Ich bin Gina.»

«Und woher kommst du?»

«Aus Quimper!»

«Oje, meine Liebe! Fahren da schon Autos?»

47

«Ist ein Scheißkaff, hast recht! Das treibt einen ins Kloster.»

«Ins Kloster der Kleinen Schwestern der heiligen Blasine!» Zu tiefes Lachen.

«Weißt du denn, woher ich komme? Aus Sainte-Honorine-des-pertes! Einem Nest in der Normandie!»

Sie lachen noch lauter, und als sie sich beruhigt haben, wird Gina von Goldmira plaziert, unten an der Bushaltestelle, und wenn's Ärger gibt, soll sie schreien, und Goldmira kommt; und etwas weiter ist ein Parkplatz, das ist für manche Kunden praktisch, und man muß nicht über die Straße und sich mit den Nutten von der anderen Seite abgeben, die können die Transen nicht ausstehen, und an manchen Abenden fliegen die Fetzen, Dreckstücke sind das! Gina geht auf ihren Platz, ein Auto lädt Vinyl ein, Nicotine tritt ihre Kippe aus und steckt sich die nächste an.

Sie kommt, Schritt für Schritt, den Körper leicht vorgebeugt, stützt sich auf das Blech und Chrom der Luxusschlitten.

«Ja was ist denn mit dir los, Hühnchen?» fragt Goldmira Trickse. «Weißt du, wie spät es ist?»

«Ich hab Probleme», sagt Trickse, den Tränen nahe, «mir geht's nicht gut ...»

«Bestimmt wieder Mick!»

«Dieser Scheißer ist mit meiner Kohle abgezogen, er sollte mir mein Päckn holen, und er war völlig blank, da ...»

«Das reicht, ich hab's gepeilt», unterbricht Goldmira sie schroff. «Was gibst du dich auch mit dem Penner ab? Der Kotzbrocken zieht dich immer nur in die Scheiße, und is ja nicht mal mehr dein Macker, also sieh zu, daß du den loswirst, und heul mir nicht die Stiefel voll!»

Goldmira geht ab, Trickse jammernd hinterher, sagt, das wird sie tun, der Wichser kriegt'n Tritt von ihr, das schwört sie, klammert sich an Goldmiras Arm. «Du mußt mir raushelfen, Mira! Wenn du mir nicht raushilfst, kann ich heut nicht arbeiten ... Mira ...» Goldmira bleibt eisig, dreht sich abrupt wieder um, schüttelt ihre braunen Locken, sieht mit ihren goldbraunen Augen fest in die Augen voller Tränen.

«Hör auf, Trickse, kriech nicht so rum! Du wolltest ja nie was bei mir kaufen, trägst deine Kohle lieber den Arabern hinterher, das hast du jetzt davon!»

Trickse läßt den Arm nicht los, sie wimmert, nur ein Päckn, daß sie arbeiten kann, Scheiße, sie kennen sich doch nicht erst seit gestern, sie beide, sie haben schon oft zusammen 'nen Affen geschoben, da soll Goldmira mal dran denken, und Goldmira warnt Trickse: es ist das letzte Mal, daß sie ihr aushilft. Sie holt aus dem umgeschlagenen Rand ihrer Schaftstiefel ein kleines Briefchen, gibt es unauffällig der schniefenden und zitternden Trickse. «Jetzt schuldest du mir 'n Tausender», sagt Goldmira, angewidert und von oben herab. Trickse verspricht, sie wird's zurückzahlen, sie verzieht sich auf den Parkplatz, sich ihren Druck setzen, und dann geht's an die Arbeit, sie wird sich die Höllenfreier reinziehn, und morgen gibt sie Goldmira die Kohle zurück, Ehrenwort. Schwankend schleppt sie ihren Schmerz zum Parkplatz, hinter ihr die Stimme von Goldmira.

«Und keine krummen Touren, Trickse. Ich will mein Geld morgen!»

«Mach dir mal keinen Kopf, du kriegst es, ich leg dich nicht aufs Kreuz!»

Das Schwarz wird grau, ein bißchen weniger Nacht, es riecht nach Morgen, ein weißer Mercedes hält auf der «falschen» Seite, Trickse steigt aus, wünscht dem Fahrer noch einen schönen Tag, «Komm mal wieder vorbei, Schätzchen», und Schätzchen meint, daß sie verflucht gut blasen kann, und Trickse sagt zu ihm, zu Böckchen, da hat sie Abitur drin. Sie wirft die Wagentür ins Schloß und haucht Böckchen von den Fingerspitzen einen Kuß zu. Sie zieht ihren Rock hoch, richtet sich die Strümpfe und den BH. «Weißer Mercedes! Nicht grad 'n Penner, dein Freier», meint Nicotine. Trickse kramt in ihrer Handtasche; ein kleiner Spiegel, ein Lippenstift.

«Ich hab mein Geld nicht geschenkt bekommen, einer mit Ladehemmung, hab fast die Maulsperre gekriegt bei dem Kerl! Ich bin fix und alle ...»

«Sag mal, du hast gut was abgezogen, heut abend!» meint Goldmira und kommt mit großen Schritten näher.

«Nich ganz schlecht, stimmt ... Aber wenn ich die Schwänze aneinanderlege, reicht's nicht für Paris–Marseille!»

«Trotzdem haste'n bißchen Kohle gemacht, du kannst mir was zurückgeben», sagen die violetten Lippen.

«... aber Mira ...»

Goldmira streckt ihr die offene Hand hin, Nicotine sagt, sie zischt ab, sie ist geschafft, und sie hat keine Gitanes mehr, muß irgendwo 'ne Kneipe oder'n Tabakladen auftun. «Tschau-tschau, Mädels.» Gina und Vinyl wärmen sich die Titten beim Tratschen, Nadia bläst einen auf dem Parkplatz, Goldmira bleibt hart:

«Los, Herzchen, her mit dem Kleingeld!»

«Ich habe dir doch gesagt, daß ich dir's morgen zurückgebe ...»

«Es *ist* morgen, Hühnchen.»

«Bitte, Mira, nicht jetzt, ich muß meine Miete zahlen und ...»

Goldmira wird lauter, gereizt und aggressiv.

«Dann gib mir 'ne Anzahlung, und beeil dich, ich bin müde!»

Trickses Hand schlüpft unter ihren Lederrock und sucht den falschen Saum, den Freiersafe, ihr Schließfach. Ein paar zerknitterte Scheine in der offenen Hand.

«Immer das gleiche», sagt Goldmira und streicht die Scheine glatt. «Du schuldest mir noch sechshundert, denk dran.»

Das Geld verschwindet in den Schaftstiefeln.

«Ach ja! Außerdem heißt es Goldmira, nicht einfach Mira. Verstanden, Mäuschen? Gute Nacht, meine Schöne, träum süß!»

Trickse regungslos und stumm, Zähne zusammengebissen, Blick voller Haß auf die Schaftstiefel vom Dockarbeiter im Silberfuchs, der den Boulevard hochgeht, im Grau, das langsam blau wird. Bebende Lippen, Wut zwischen den Zähnen. «Dreckige Hure.» Tränen steigen hoch, doch sie will nicht heulen, sie will nach Hause und ihren Körper Zentimeter für Zentimeter säubern, das Innere auch, die Zähne ein paarmal putzen, sie will sich den Kopf waschen, ihre Haare glattmachen und sie auf der rechten Seite scheiteln.

Wie jeden Morgen spült sie sich den Mund mit einer heißen Schokolade aus, trinkt sie im Stehen in ihrer Kneipe an der Place Clichy, die Beine sind schwer, sie stützt sich aufs Geländer, steigt die Treppen in der Rue Lepic hoch und begegnet der alten Dreckschlampe aus dem ersten Stock, die nie grüßt, und ihrem Scheißköter, der immer an die Fußleisten pißt, hört den Prolo aus dem vierten Stock, wie er seine fette Frau anschreit, daß seine Klamotten schlecht gebügelt sind, und auf ihrem Treppenabsatz entdeckt sie Jungchen: zusammengekauert, frierend und wach. «Was machst du denn hier, Jungchen?», und Juju erzählt, wie er zwischen den Betonpfeilern gewartet hat, Trickse schimpft auf Mick, Saukerl Kotzbrokken, und sie sagt zu Juju: «Bleib nicht auf der Treppe, komm rein.»

Sie zieht ihre Pumps aus, wirft ihre Tasche und ihren Mantel aufs Bett und geht an den Frisiertisch. Sie sagt Juju, er soll seinen Hintern aufs Bett setzen und die Jacke ausziehen, sie ist erledigt. «Du stellst dir nicht vor, wie erledigt ich bin …» Die Ellbogen auf dem Frisiertisch, den Kopf in den Händen, sagt sie gar nichts mehr. Die sanfte Stimme von Juju:

«Sie sehen unglücklich aus.»

«Jungchen, ich bitte dich», sagt Trickse ironisch, «schau mich an.»

Sie zieht langsam ihre Perücke ab.

«Eine echte Prinzessin, oder?»

Sie streicht ihre Haare glatt, schließlich weint sie, still.

«Mir tut alles weh, Jungchen. Die Beine tun weh, der Bauch, der Hintern.»

Juju steht auf und geht zu Trickse, er zögert, legt seine Hand vorsichtig auf die zitternde, nackte Schulter.

«Tut es Ihnen sehr weh?»

«Es tut innen drin weh … wie wenn mich etwas zerfrißt …»

Juju schaut Trickse an, wie sie heult, beide Hände vor dem Gesicht, sie kehrt ihr Inneres nach außen, und das ist der Grund, daß sie heult, dann schnieft sie, wischt ihre Augen mit einem Kleenex trocken, gießt sich einen Schluck Wein ein, zündet eine Zigarette an. Besser. «Sieht aus, als hätten Sie zwei Veilchen», sagt Juju und wischt sich über die Backe. Sie schaut sich im Spiegel die Ringe unter ihren Augen an, sie müssen beide lachen. Sie fragt Juju:

«Tust du mir einen Gefallen, Jungchen?»

Aber sicher tut er ihr einen Gefallen!

«Dann siez mich nicht, sag du zu mir, Sie sag ich nur zu irgendwelchen Idioten.»

«In Ordnung, ich sage du zu Ihnen.»

Sie schminkt sich das Gesicht ab, nicht ganz einfach, die Tränen haben ihr die Schminke verschmiert.

«Eigentlich müßte ich Mick siezen, und Goldmira, diese Schnepfe.»

Ein Schluck Rotwein, ein Zug an der Zigarette.

«Wer ist das, Goldmira?»

«Nichts. Genau wie ich, die pure Gosse, so gut wie Luft, ein winziger Fliegenschiß.»

Sie drückt ihre Kippe aus, steht auf.

«Gut, ich dusche jetzt, ich rieche nach Mann, das find ich widerlich. Und danach bist du dran.»

Sie macht die Tür zum Bad auf, dreht sich um und sagt zu Juju:

«Du weißt, auch Jungchen riechen manchmal nach Mann.»

Juju sitzt im roten Samtsessel und blättert in *Glamour*. Er drückt den roten Knopf am Radio, das neben dem Bett auf dem Teppich steht, Trickse hat gesagt, er soll auf den Knopf drücken, damit ihm nicht langweilig wird, damit er sich wohl fühlt, und er fühlt sich wohl bei Trickse.

Sie kommt aus dem Bad, hat das T-Shirt und die weite Hose an, sagt zu Juju: «Du bist dran, Jungchen, stürz dich in die Fluten!» Badewanne, Waschbecken, Durchlauferhitzer, eine Zahnbürste und verschiedene Flacons auf einem weißen Möbel. «Zieh dich aus, Jungchen, du brauchst dich nicht zu genieren», sagt Trickse zu Juju. Er zieht seine Sachen aus, sie legt sie auf den Klodeckel, er ist fast nackt auf den kalten Fliesen, seine Unterhose hat er anbehalten, sie dreht den Hahn an der Badewanne auf. «Zieh deine Klosterkutte aus und steig da rein», sagt Trickse lächelnd. Er streift die Unterhose ab, steigt ins Wasser und hält die Hände vor. Sie geht mit dem Duschschlauch über seinen Körper, shampooniert ihm die Haare, streicht ihm mit blauer Seife über die Haut, zärtliche Handbewegungen. Sie hält Jungchen die Seife hin. «Da, schäum deinen Klosterbruder ein.» Er dreht sich von ihr weg und seift sich den Lümmel ein. Sie wäscht ihm das Shampoo und den Seifenschaum ab, bis zur Taille, und hält ihm den Duschschlauch hin. «Mach weiter.» Sie wickelt ihn in ein rosa Badetuch mit einem rot-weißen Clown vor einem Sternenhimmel, trocknet ihm den frierenden Körper langsam ab, er zittert ein bißchen. Sie sagt, er hat schöne Haare und eine zarte Haut. Sie frottiert ihn bis zur Taille und holt aus der Schublade in dem weißen Möbel ein T-Shirt, das Juju überzieht. Es geht ihm bis zu den Knien. Sie sagt, mit einem Gürtel sieht er aus wie ein Römer, natürlich vor dem Untergang von Rom, wenn er Sklave gewesen wäre, sie hätte ihn gekauft. Sie sagt, jetzt ist Zeit zum Schlafen, es ist lange her, daß sie mit einem Mann in einem Bett gelegen hat.

Sie legen sich hin, schlafen aber noch nicht, Trickse fragt Juju, und Juju erzählt: Mantes-la-Jolie, Sheila, die anderen, die Flugzeuge bei ihm im Kopf, und über dem Erzählen fallen ihm die Augen zu, und er schläft ein.

Mick dreht lautlos den Schlüssel, der noch steckt. Er kommt auf Zehenspitzen herein, Trickse liegt auf dem Rücken, Juju neben ihr, den Kopf auf ihrer Schulter, Mick setzt sich ans Fußende, hüpft auf der Matratze herum, Trickse macht die Augen auf, und Mick klatscht. «Bravo, meine Beste! Hast du's ihm gezeigt?» Mit einem Satz ist sie am Fußende. Mick weicht einer Ohrfeige aus.

«Dreckiger Wichser! Ich bring dich um!»

Er wehrt einen Tritt in die Eier ab.

«Hör auf, verdammt! Ich hab doch nur Scheiß geredet! Mach mich nicht fertig wegen sowas, ja?»

Mick bleibt auf Distanz, hält die Arme schützend vor sich, Trickse schreit, verzerrtes Gesicht:

«Und was war gestern abend? Womit kommst du mir jetzt an?»

Er erklärt ihr ja alles, aber nur wenn sie sich beruhigt und sich endlich in den Sessel setzt. Sie setzt sich, die Arme über der Brust verschränkt, atmet schnell, und Mick erklärt alles, aber die Geschichte mit den drei Schwarzen, die ihn überfallen haben, die kennt sie schon. Erstmal ausgiebig kratzen: an den Schenkeln, an den Waden und den Backen, ja genau: wie er von Djamel rausgeht, packen ihn die Bullen, die Wichser, es reicht gerade noch, das Päckn wegzuschmeißen, tatschen ihn ab, Ausweis, Käfig, wie immer halt, und wie er loskommt, nichts wie zurück, «aber vergiß es, das scheiß Päckn war weg...»

«Du hältst mich wohl für doof wie 'ne Kartoffel?»

«Wenn ich dir's sage, Scheiße!... Gut, stimmt, das ist nicht das erste Mal, daß mir dein Geld wegkommt, o.k. Aber diesmal...»

«Mach die Klappe zu, es zieht und es stinkt!»

«Mit dir kann man nicht reden!»

Angewidert pult sie sich aus dem Sessel und schiebt sich zum Frisiertisch, um eine zu rauchen. Den Kopf in die Hand gestützt, schaut sie auf Juju, der schläft.

«Du hast einen tiefen Schlaf, Jungchen.»

Blick auf Juju. Ganz nebenbei fragt sie Mick, ob er nicht noch was übrig hat von gestern abend, ein paar Krümel, er sagt, er hat sich alles reingeschossen, sogar das Papier.

«Ich dachte, die Bullen haben dich geschnappt, und du hast das Päckn nicht mehr gefunden?»

Er will etwas sagen, macht den Mund wieder zu, kratzt sich am Kopf, am Knöchel, er stammelt.

«Wart mal, ich hab dir noch nicht alles erzählt!»

Wattepads, Nagellackentferner, sie macht sich den Lack von den Nägeln, gut, wie er die Bullen los war, nimmt er die Metro, die letzte, und was sieht er auf dem Bahnsteig? auf einer Bank? du glaubst es nicht ...

«Eine Handtasche.»

«... woher weißt du das?»

«Was glaubst du denn? Eine Handtasche in der Metrostation! Natürlich Zufall ... Und, was war drin in der Tasche?»

Seine Hand verschwindet im Mantel, und als er sie triumphierend wieder rauszieht, hat er ein Bündel Geldscheine in den Fingern und wedelt Trickse damit vor der Nase herum!

«Tausend Francs, Trickse kriegt'se!»

Er kreischt vor Freude und schreit, er setzt sich einen Megaschuß, ein Mordsloch wird das, ein Krater, und Juju richtet sich im Bett auf. Jetzt schreit Trickse.

«Da hast du's, du hast Jungchen aufgeweckt! Du spinnst ja auch, daß du so rumschreien mußt!»

«Hallo Mick, hallo Trickse», sagt Juju. «Zieh dich an, wir müssen deine Schwester finden», antwortet Mick. «Ich mach dir einen Nescafé», sagt Trickse. Juju steigt aus dem Bett, und als Mick sein langes T-Shirt sieht, fängt er an zu lachen.

«Leihst du ihm jetzt deine Fummel?»

«Was du brauchst, sind keine Elektroschocks, du brauchst

eine Hirntransplantation, sonst nichts», ruft Trickse aus der Naßzellenkochnische.

Ein Zwieback mit Butter zwischen die Zähne, kochendheißer Nescafé, ein bißchen Wasser übers Gesicht, und Juju steigt in seine Sachen.

Trickse stemmt ihre Linke in die Hüfte, hält die rechte Hand auf, im Befehlston:

«Gib mir dreihundert, ich hab Ärger mit Goldmira.»

«Drei … dreihundert? Ich soll dir dreihundert für dieses Flittchen geben? Geht's dir noch gut?»

«Mir ging's nie besser. Heute zahlst du, klar?»

«Hey … mach mal halblang, ja?»

«Meine Magenkrämpfe gestern abend waren auch nicht halblang. Mick, schick die Mäuse rüber!»

Er wird unruhig und seufzt, sie schnippt mit den Fingern, er sucht mit der Hand in seinem Mantel, zählt dreihundert ab, die sie ihm aus der Hand reißt. Sie hält nochmal die Hand auf.

«Unten ist Schlußverkauf, bei *Olympe*, ich muß Jungchen noch eine Jeans kaufen, seine Hose kneift ihm am Sack, leg zweihundert drauf!»

Er wird bleich, hält prahlerisch die Faust hoch, er brummelt, er ist doch nicht Mutter Theresa …

«Was ist denn in dich gefahren mit dem Jungen? Du hast doch noch nie jemand ausgehalten!»

Ihre Hand fängt an zu zittern, ihre Lippen, ihr ganzer Körper. Er zieht zweihundert aus seinem Bündel. Trickse steckt die Scheine unters Kopfkissen und erklärt Mick, das war das letzte Mal, daß es Ärger gegeben hat, das reicht jetzt, beim nächsten Mal wird's übel abgehn, sie meint das ernst, und welche, die Taschen klauen, konnte sie noch nie leiden, heute abend will sie zwei Päckn: das von gestern umsonst und das von heute auch umsonst. Sie setzt sich aufs Kopfkissen.

Juju ist fertig, er wartet, Mick macht die Tür zum Flur auf und sagt zu dem Jungen, er soll seinen Hintern in Bewegung setzen, sie gehen jetzt.

«Darf man fragen, wohin?» fragt Trickse und pikst sich imaginäre Nadeln in einen imaginären Haarknoten.

«Wir versuchen, die Schwester von Jungchen zu finden!» faucht Mick wütend.

Trickse steht vom Kopfkissen auf, dreht Mick den Rücken zu, beugt sich über Juju, gibt ihm einen Kuß auf die Stirn und steckt ihm hundert Francs in die Jackentasche, sie flüstert: «Das ist für dich, und sag Mick nichts davon.» Sie richtet sich wieder auf, lächelnd.

«Bis heute abend, Jungchen, und viel Glück!»

«Wiedersehn, Trickse.»

«Kommst du jetzt, Scheiße oder was?» regt Mick sich auf.

Er schlägt die Tür so laut wie möglich zu. Unterste Stufe im fünften Stock.

«Und sieh zu, daß du Juju nicht verlierst!» schreit Trickse durch die halboffene Tür.

PLACE BLANCHE –
SAINT-GERMAIN-DES-PRÉS –
PLACE BLANCHE

Rue Lepic, Mick ist über Trickse hergezogen, diese Irre mit ihrem falschen Dutt, immer wenn sie ihn so abfertigt, ihn auflaufen läßt, tut sie, als ob sie sich Nadeln in einen Dutt steckt, spielt die große mondäne Dame, macht sich über ihn lustig, und da dreht er durch, könnte sie umbringen. Sie zwängen sich in die Metro. «Wohin?» fragt Mick. «Gare-Montparnasse», sagt Juju. «Weil ich ja sonst nichts zu tun hab», knirscht Mick, und bis zur Station sind sie still. Mick schnorrt nicht, er schmollt. Juju hätte ihn gern Sachen über Trickse gefragt, was für Sachen weiß er nicht genau, aber so Sachen. Als sie an der Station «Montparnasse-Bienvenue» von unten hochkommen, fängt Mick an zu reden.

«Und wo wohnt sie jetzt, die Freundin von deiner Schwester?»

«Ich muß den Bahnhof im Rücken haben.»

«Willst du's dir vom Bahnhof besorgen lassen?»

Juju versteht nicht. Er zieht Mick vor den Bahnhof, wendet ihm den Rücken zu und streckt den Zeigefinger aus.

«Wir sind die Straße da runter, bis zum Ende.»

«Das ist die Rue de Rennes. Du wirst es dir doch nicht im Rennen besorgen lassen?»

Er lacht sich schief, kratzt sich an den Eiern. Er zieht kein Gesicht mehr, Juju findet, daß er nicht sehr gut riecht. Sie gehen die Straße bis zum Ende runter, überqueren den Boulevard Saint-Germain, und vor der Kirche geht Juju wieder in Position.

«Es war so ein Haus wie das dahinten, mit der gleichen

58

Bank, und es stand an der Ecke vom Boulevard und einer Straße. Ich glaube, das ist es.»

Keine Maud auf der Liste der Hausbewohner, Namen ohne Vornamen, Türcode, keine Chance reinzukommen.

«Was hast du noch gesagt, was deine Schwester macht?» fragt Mick.

«Sie arbeitet in einem Reisebüro.»

«Gut, weißt du, was wir tun, kleiner Hohlkopf?»

«Warum kratzt du dich immer?»

«Ich hör wohl schlecht! Geht's hier um deine Schwester oder um meine Eier?»

Juju tut's leid. Wenn Mick sich aufregt, macht er ihm angst, aber es nervt ihn auch, wenn er sich immer kratzt, vor allem an den Eiern, mit seinem Schorf auf den Händen und seinen schwarzen Fingernägeln. Das ist eklig.

«Ich kratz mich da, wo's mich juckt! Also, wir klappern die Reisebüros ab! JUNGCHEN! Wir haben noch nicht mal angefangen …»

Er stellt sich vor Juju hin, reißt seinen Mantel auf, schlägt mit der Hand fest auf den Hosenlatz aus abgewetztem Leder, greift das Päckn zwischen seinen Beinen und zieht es hoch, schiebt dabei das Becken vor und lacht laut.

«Zum Angriff, JUNGCHEN!»

Juju kann nicht darüber lachen.

«Du hast kaputte Zähne», traut er sich zu sagen.

Mick bewegungslos, das Becken vorgeschoben, die Hand voll, Standbild. Er macht den Mund auf, macht ihn wieder zu, läßt sein Päckn los, dreht sich um und geht weg. Beleidigt.

Sie laufen durch die Straßen mit den schicken teuren modischen versnobten Boutiquen, auf der Suche nach Reisebüros, und wenn sie eins finden, preßt Juju seine Nase an die Scheibe, und seine Augen suchen zwischen den bunten Plakaten von fernen Ländern nach der verschwundenen großen Schwester.

Hellbraune Ledergarnitur im Karree um einen runden Kamin mitten in einem riesigen Salon, moderne Kunst an weißen Wänden, helles Licht fällt durch riesige Fenster. Dahinter Hochhäuser aus Stahl und Glas, sie ragen bis in die graue Wolkendecke. Auf dem hellbraunen Leder: Sheila, in einem Morgenrock aus weißer Seide, die Haare offen, das Gesicht ungeschminkt. Sie hat eine Nummer in die Tasten eines roten Telefons getippt, und aus dem Lautsprecher kommt die verängstigte Stimme von Isabelle.

«Ja hallo!»

«Ich bin's, Sheila, wie geht's zu Hause?» sagt sie ruhig, die Augen auf der Feile, mit der sie ihre Nägel bearbeitet.

«Du fragst, wie's geht?» sagt Isabelle zittrig und gereizt. «Du haust ab, ohne irgendwas zu sagen, und rufst ganz locker an und fragst, wie's zu Hause geht?»

Sie wird lauter, schreit ins Telefon.

«Du bist ja verrückt, mein liebes Kind!»

Sheila schreit noch lauter.

«Es reicht! Ich habe genug von euch und eurer verdammten Schreierei! Ich bin volljährig, also bin ich gegangen! Was ist daran verrückt?»

«Nicht in diesem Ton, oder du fängst dir eine! Daß du abhaust, ist dein Problem, aber daß du Juju mitnimmst, das ist nicht mehr dein Problem, das ist meins!»

Sheila läßt die Nagelfeile fallen und geht näher an den Lautsprecher, erschrocken, fast bleibt ihr die Stimme weg.

«Juju? Ich habe ihn doch gar nicht mitgenommen! Ich habe ihm gesagt, daß ich weggehe, sonst nichts ...»

«Sehr schlau! Und hast du ihm gesagt, wohin du willst? Und wo bist du überhaupt?»

«Wo ich bin, geht dich nichts an! Ich habe Juju gesagt, daß ich zu Maud gehe.»

«Dann ist er vielleicht bei Maud?»

«Kann nicht sein. Ich habe mit Maud telefoniert. Wenn Juju bei ihr wäre, hätte sie's mir gesagt.»

Isabelle heult.

«Das darf doch nicht wahr sein. Wo ist der Junge denn bloß?»

«Habt ihr die Bullen geholt?»

Isabelle wird hysterisch, brüllt.

«Natürlich nicht, blöde Nuß! Wir haben die Bullen nicht geholt. Wir haben gedacht, er ist bei dir, du dumme Sau!»

«Scheiße nochmal! Ich hab's satt, mich von einer Irren beschimpfen zu lassen! Wie viele Martinis hast du denn gekippt? Du kotzt mich an, mir reicht's jetzt!»

Sheila versinkt im hellbraunen Leder, Blick auf die Hochhäuser, schaut verloren in die Wolkendecke, die weiß geworden ist.

«Sheila! ... Sheila, antworte mir! ... Ich ...»

Sheila legt den Hörer auf.

«Werd erst mal nüchtern!»

Rue de Rennes, sie setzen sich auf eine Bank. Mick streckt die Beine aus.

«Mir tun die Haxen weh. Wieviel Reiseläden haben wir abgeklappert, was meinst du?»

«Ach ... Ich weiß nicht.»

«Du weißt überhaupt nicht viel, hä? Acht Stück haben wir abgeklappert, und nicht ein Haar vom Hintern deiner Schwester!»

Er steht auf, um von einem Passanten eine Zigarette zu schnorren, setzt sich wieder hin, Kippe im Mund.

«Also, mein Kleiner. Ich hab jetzt meinen Treff mit Djamel, du machst weiter mit dem Suchen, und ich verzieh mich und hol dich um neun Uhr auf dem Platz vor der Kirche wieder ab. O.k.?»

«Abgemacht. Aber du vergißt mich auch nicht, Mick?» fragt Juju unruhig.

«Nein, versprochen.»

Er hebt die Hand und spuckt aus.

«Und mach dir nicht ins Hemd, wir finden schon noch ein Haar von ihrem Hintern! Vielleicht sogar ein ganzes Büschel!»

Er geht weg.

Juju allein auf seiner Bank mit einer Riesenangst, die vielen Leute die vielen Autos und der Krach auf dieser endlos langen Straße, wieder allein in seinem Leben seit Barbès und Orly. Er will nicht ohne Mick nach Reisebüros suchen, sonst verläuft er sich noch. Auf dem Platz vor der Kirche wartet er und behält den Hauseingang im Auge.

Halb zehn, es ist dunkel, Leute sind ins Haus gegangen und herausgekommen, aber Sheila hat er nicht gesehen, Juju ist müde, er hat Hunger, aber er traut sich nicht, die hundert Francs von Trickse auszugeben. Am Boulevard, hinter den «Deux Magots», steht eine Bank. Auf die setzt er sich. Von der Bank aus kann er das Mietshaus überwachen und gleichzeitig die grellen Lichter vom Drugstore Saint-Germain sehen.

Ein Mann setzt sich ans andere Ende der Bank. Er ist groß und schlank, elegant und gutaussehend, in seinem Glencheck-Anzug, das Gesicht blaß und traurig, die weißen Haare gewellt, schwarze Seidensocken, der Mann ist vielleicht sechzig Jahre alt. Er rückt näher an Juju heran, lächelt ein sonderbares Lächeln, fragt ihn mit sanfter Stimme: «Warten Sie auf jemanden, junger Mann?» Juju verhaspelt sich: er wartet auf seine Schwester, die in dem Haus da drüben wohnt, also eigentlich nicht richtig, eigentlich wohnt da Maud, die Freundin seiner Schwester, aber er ist nicht sicher, ob es das Haus ist, und eigentlich wartet er auf Mick ... Der Mann lacht, legt die Ellbogen auf die Lehne, an seinem Zeigefinger ein goldener Siegelring mit eingraviertem Wappen. Er sagt zu Juju, daß sich seine Geschichte sehr kompliziert anhört. «Wollen wir noch einmal von vorne anfangen, ganz ruhig? Wie heißen Sie mit Vornamen?»

«Jung ... Julien! Aber alle nennen mich Juju.»

«Juju …», sagt der Mann verträumt. «Wenn Sie erlauben, werde ich Sie Julien nennen, das ist ein hübscher Vorname. Sie haben doch nichts dagegen, hoffe ich?»

«Nein nein, überhaupt nicht, Monsieur», antwortet Juju, der diesen netten, sanften und eleganten Mann gern mag.

«Pierre. So heiße ich mit Vornamen. Also, Maud wohnt in diesem Mietshaus, wie wir einmal annehmen, und Ihre Schwester … wie heißt sie?»

«Sheila.»

«Originell. Sympathisch und originell.»

«Und dieser … Mick? Wer ist das?»

«Also … das ist ein Freund.»

«Sie machen mich neugierig, Julien.»

«Wieso, Monsieur?»

«Bitte, Julien, sagen Sie Pierre zu mir, wenn es geht.»

«Ja, Pierre.»

«Ich spüre, daß Sie sich verlaufen haben, Julien, auf der Suche nach ich weiß nicht was. Oder wem. Erzählen Sie mir alles.»

Noch einmal erzählt Juju, von Mantes, Sheila, Orly und Mick, aber nicht von Trickse, und während er erzählt, legt sich die Hand mit dem Ring auf seine Schulter. Pierre fragt nach dem Alter von Julien, nach dem Alter von Sheila und wo Julien die Nacht verbracht hat: «Bei der Schwester von Mick.»

«Das ist ziemlich unvorsichtig, bei Fremden zu schlafen, Julien. Wissen Sie das?»

«…»

«Und Ihr Vater? Was macht der?»

«Er versucht, Geschäfte zu machen, aber ich glaube, das schafft er nie …»

«Und du, Julien, willst du später auch Geschäfte machen wie dein Vater?»

Die Hand mit dem Ring in Jujus Nacken.

«O nein!» ruft Juju aus. «Ich will Pilot werden!»

«Phantastisch!» begeistert sich Pierre. «Du wirst um die

ganze Welt fliegen, Julien. Weißt du, ich bin dreimal um die ganze Welt gereist: Afrika, Asien, Australien, Nord- und Süd-amerika ...»

Pierres Stimme wird brüchig.

«Brasilien ... vor allem Brasilien ...»

«Wie ist Brasilien?» fragt Juju.

Die Hand mit dem Wappen liegt nicht mehr in Jujus Nak-ken, sie zeichnet zusammen mit der anderen Hand einen Kreis in die Luft.

«Sehr groß, riesig, es ist sehr warm dort, viel wärmer als im Sommer bei uns. Dort unten ist der Sand goldgelb, es gibt kilo-meterlange Strände, kilometerlang goldgelben Sand ...»

«Und die Leute, wie sind die da unten?»

Pierre sieht Juju nicht mehr an. Er schaut nirgendwo hin.

«Sie sind schön, sehr schön. Ihre Haut hat die Farbe von Kupfer.»

«Sind Sie lange dort gewesen?»

«Lange ...»

Pierre schweigt. Er leidet, sein Gesicht ist älter als sechzig.

«Am Anfang geschäftlich. Und dann gab es Jõao ... Er hatte Ähnlichkeit mit dir. Älter vielleicht, größer.»

Er senkt die Lider, zupft sich an der Nasenspitze. Er kramt in seinem Gedächtnis.

«Er studierte. Ja! Ich wollte, daß er studierte.»

Schweigen, Julien spürt, daß er still sein muß. Und Pierre wird wieder Pierre, er sagt, daß es langsam ein bißchen kalt ist und daß er stirbt vor Hunger, und Julien muß doch auch Hunger haben, er wohnt nur ein paar Schritte entfernt, in der Rue du Dragon, auf der anderen Seite vom Boulevard, und seine Haushälterin kann ihnen etwas Gutes zu essen machen, und dann zeigt er Julien seine Reiseerinnerungen, Fotos, Dinge aus der ganzen Welt, von allen Kontinenten. Juju denkt nicht lange nach und sagt, er ist einverstanden mit einem Abendessen in der Rue du Dragon.

Eine Eingangshalle, die Wände und der Boden aus Marmor, die Treppen unter einem rotem Teppich, ein musealer Aufzug, eine alte Frau, die einen Flügel der Doppeltür im fünften Stock öffnet. Sie ist viel älter als Pierre, schöne blaue Augen in einem feingeschnittenen Gesicht, zu einem Knoten aufgestecktes schlohweißes Haar, eine kleine, fast dürre Gestalt in einem schlichten schwarzen Kleid. «Guten Abend, Elisabeth», sagt Pierre. «Guten Abend, Monsieur Pierre» antwortet die Frau in Schwarz. Sie ähneln einander auf merkwürdige Weise, nicht in ihrem Äußeren, ihre gleiche, schwermütige Art läßt sie ähnlich wirken. Pierre stellt Elisabeth Juju vor. «Mein neuer Freund.» Elisabeth verbeugt sich, gibt ihm aber nicht die Hand. «Guten Abend, Monsieur Julien» – «Guten Abend, Madame», antwortet Juju. Sie geht einen Schritt zur Seite und läßt den Mann und den Jungen in den Flur eintreten, der mit dunklem Holz vertäfelt und mit grünem Velours bespannt ist. Sie nimmt dem Jungen die Jacke ab und hängt sie an einen Kleiderhaken. Der Mann führt Juju in einen dunklen Salon mit antiken Möbeln, die Wände voll mit alten, goldgerahmten Familienportraits, Stiche, Fotos, Souvenirs auf dem Flügel, auf dem Kamin, auf allen Möbeln des Salons. Darüber brennen die Glühkerzen eines Kristallüsters.

«Schau, João, das bin ich 1950 im Kongo, als er noch nicht Zaire hieß.»

«Ich bin nicht ...»

«1963 in Australien, mit Aborigines. Australien ist herrlich, Jõao!»

Fotos in Farbe und Schwarzweiß, Metallrahmen, Holzrahmen, der Mann in Mombasa 1948, Hamburg '57, Chicago '71, Santiago '66, Kyoto '55 ... der Junge ist hingerissen von den glänzenden oder matten Fotos, verwirrt von den irren Augen dieses Mannes, der nicht mehr dem Herrn von der Bank gleicht.

«Ich habe dir gesagt, daß wir eine Weltreise machen, João!»

«Aber ich bin nicht João!»

Der Mann nimmt den Jungen an der Hand.

«Ich zeige dir Brasilien! Erinnerst du dich an Brasilien?»

Der Mann zieht ihn aus dem Salon, der Junge hat Angst, sie gehen einen Flur entlang, treten in ein Zimmer. Vier gedrechselte Pfosten an den vier Ecken des Betts, weiß bezogen, die Wände ringsum voll mit Fotos: Brasilien, der Mann und João.

Er setzt sich aufs Bett und zieht den Arm des Jungen zu sich hin.

«Setz dich, komm!»

Der Mann ist nicht mehr schön, weder elegant noch anziehend, er ist ein Verrückter, der Junge versucht seine Hand aus der des Mannes zu winden, der ihn festhält.

«Ich will gehen!»

«Komm näher, schau mal!»

«Ich will weg hier!» schreit der Junge. «Ich bin nicht João!»

Er kommt los, rennt bis zur Garderobe, der Mann setzt ihm nach, schluchzend.

«Bleib da! Bitte …»

Das Herz schlägt ihm bis zum Hals, er zieht die Jacke an, sucht nach der Türklinke, der Mann kommt näher, packt ihn an den Schultern.

«Tu das nicht … geh nicht …»

Juju stößt ihn heftig zurück. Er schreit:

«Ich will raus! Lassen Sie mich rausgehn!»

Zwischen ihn und den Mann, auf den Knien, schluchzend, tritt die Frau in Schwarz. Sie streichelt die zerzausten weißen Haare, die tränenfeuchten, blassen Wangen.

«Laß ihn nicht gehen, Maman …», sagt der Mann mit flehender Stimme.

«Mein lieber Pierre, das ist nicht João. Das ist Julien», sagt die Frau in Schwarz, und auch ihre Stimme streichelt ihn.

Die Tür geht auf, Juju stürzt den roten Teppich hinunter.

Mit der Angst im Nacken rennt er wie verrückt vor Brasilien weg und holt erst unten an der beleuchteten Front des Hotels Lutétia Luft.

Ohne Mick Metro fahren kann er nicht, schade um den Hunderter von Trickse, er nimmt einfach ein Taxi, zeigt dem Fahrer den Schein und fragt ihn, ob das reicht bis zur Rue Lepic. Unter einer Brücke mit alten Straßenlampen sieht Juju auf der blaugrün leuchtenden Seine ein Ausflugsboot mit bunten Lichterketten, er sieht die hellerleuchteten Straßenzüge in den vornehmen, menschenleeren Vierteln, die dunkleren Straßen in den weniger vornehmen Vierteln, sieht die Straßencaféstraßen, die Nachtclubstraßen, lauter bunte Lichter, er hätte nicht gedacht, daß die Stadt so groß ist, in der Rue Lepic mosert der Fahrer, weil er das Trinkgeld vergessen hat.

Auf dem Treppenabsatz bei Trickse setzt sich Juju hin, kauert sich zusammen und macht die Augen zu, damit er seinen Magen vergißt, der etwas anderes verlangt als Trickses Butterbrot oder das Schinkensandwich, das Mick bezahlt und dann zur Hälfte aufißt. Er kann schlecht einschlafen, Pierre kommt ihm in den Sinn, die Fotos an den Wänden und auf dem Flügel, die Weltreise und die Lichter von Paris bei Nacht, er stellt sich andere Städte bei Nacht vor, weit weg, andere sacht dahingleitende Ausflugsboote, auch Städte bei Tageslicht, die genau dann leben, wenn er daran denkt, und diese Städte verjagen Pierre, und spät kommt der Schlaf über ihn.

*

Eine blonde Perücke, darunter steckt Trickse in einem Perfecto, die Beine in schwarzem Leder, enganliegend, wie eine zweite Haut, sie rüttelt Juju an der Schulter. «Jungchen? Hat der Mistkerl dich schon wieder sitzenlassen!»

Er lächelt in das zu stark geschminkte Gesicht, sie hilft ihm, sich von dem schäbigen Holzboden aufzurappeln.

«Er ist wie abgemacht um neun vorbeigekommen mit meinem ... und ist abgezogen, um dich aufzulesen! Dieser Wichser! Wartest du schon lange?»

Sie gehen ins Zimmer.

«Ja, lange ... Auf einer Bank ...»

«Bist du mit der Metro zurück?»

«Nein, nein. Ich kann nicht allein Metro fahren.»

Am Frisiertisch nimmt sie die Perücke ab und richtet sich mit den Fingern den Scheitel.

«Du kannst nicht Metro fahren? Da fallen mir doch die Titten ab!»

Mit verschämtem Blick gesteht Juju, daß er das Geld fürs Taxi ausgegeben hat.

«Mach dir keine Gedanken, Jungchen! Geld ist zum Ausgeben da. Und das ist sauberes Geld, verdient mit dem Schweiß meiner ... dem Schweiß meiner Hände.»

«Was arbeitest du denn?» fragt Juju erleichtert.

«Ähhm ... als Bedienung, in einem Nachtclub. Einer Discothek.»

«Das muß gut sein, in einer Disco arbeiten.»

«Das geht ins Kreuz», sagt sie und lacht laut.

Er sieht zu, wie sie sich still abschminkt. Er möchte ihr sagen, daß er auf der Bank einen verrückten Weltreisenden getroffen hat, aber er schämt sich. Er kommt nicht darauf, warum er es nicht sagen kann, warum er sich schämt, deshalb sagt er, daß er Hunger hat.

Ein paar Butterbrote, ein bißchen Camembert, Wurst.

«Das ist lustig, du siehst Mick gar nicht ähnlich.»

«Warum soll ich ihm ähnlich sehen?»

«Na ja, er sagt, du bist seine Schwester!»

«Der hat doch 'n Rad ab, der Kerl!»

Juju trinkt Wasser.

«Ist er nur ein Freund?»

Trickse trinkt Wein.

«Und, bist du weitergekommen? Hast du Sheila gefunden?»

Juju erzählt von dem Haus, dem Türcode, den Namenschildern, daß der Vorname «Maud» nicht dabei war, von den acht Reisebüros. Vielleicht verwechselt er das Haus, glaubt Trickse, man könnte vielleicht im Adreßbuch die Leute finden, die dort wohnen, und den Vornamen in dem Verzeichnis suchen, vielleicht ...

«Wir reden morgen darüber, Jungchen. Ich bin völlig erledigt.»

«Tut's dir noch innen weh?»

Ein Lächeln, ihre Zähne weiß und schön, nicht gelb und faul wie die von ihrem falschen Bruder. Sie fährt ihm mit den Fingerspitzen leicht über die Wangen.

«Nein, heute nicht, Jungchen.»

Sie steht auf, drückt den Knopf am Radio, leise Musik, sie sagt, sie müssen sich waschen und ins Bett gehen. Morgen erklärt sie ihm, wie man Metro fährt, und sie gibt ihm einen Schlüssel, den Schlüssel fürs Zimmer. «Jedenfalls sagst du Mick keinen Ton, du gibst ihm auf keinen Fall diesen Schlüssel. Versprochen?» Juju verspricht es, Trickse geht sich säubern.

Trickse liegt auf dem Rücken, perfekt frisiert, eine Hand im Nacken, Zigarette zwischen den Lippen und den Blick zur Decke gerichtet. Sie wartet auf Juju.

Er streckt sich neben ihr aus, dreht sich zu ihr hin. Er betrachtet ihre aufgerichteten Brüste, zwei Hügel, darüber weißer Stoff. Sie spürt den Blick, bewegt sich aber nicht, weder ihren Körper noch ihre Augen, die immer noch zur Decke starren.

«Was ist denn los mit dir, Jungchen? Hast du noch nie einen Busen gesehen?»

Sie sagt das ohne ein Lächeln, aber ihre Worte sind spöttisch. Juju antwortet nicht, sein Herz fängt an, schneller zu schlagen, es hämmert zwischen seinen Rippen, langsam legt sich seine Hand zitternd auf einen der beiden weißen Hügel.

«Gefallen sie dir? Wie findest du sie?»

«Sie sind schön ...», antwortet Juju ganz leise, und seine Worte zittern auch.

Seine Hand schiebt sich von der Brust weiter nach unten, gleitet über den flachen Bauch und noch tiefer ... Schnell ist Trickses Hand auf seiner Hand.

«Nein, Jungchen, da nicht! Da ist es nicht sauber.»

In ihrer Stimme ein Schmerz, ein Flehen. Sie führt Jujus Hand an ihren Mund und haucht einen flüchtigen Kuß auf seine Finger. Sie richtet sich im Bett auf, zieht die Beine an und verschränkt die Arme vor dem Bauch, den Blick geradeaus, in weite Ferne. Ein stiller Schrei:

«Das ist schmutzig, Julien!»

Juju hat sich nicht gerührt, auf seiner Stirn winzige Schweißperlen und in seinem Kopf eine große Unordnung. Ein langes Schweigen, nicht einmal der Hauch eines Atems, Trickse steht auf. Sie öffnet den Schrank, nimmt eine Schuhschachtel aus einem Fach und setzt sich wieder aufs Bett. Sie stellt die Schachtel auf das rosa Bettuch, fährt Juju mit den Finger durchs Haar, streichelt seinen Nacken, seine Schulter, sagt:

«Sieh mich an, Jungchen.»

Juju dreht sich um und sieht sie an.

«Jetzt lach doch mal und setz dich.»

Er lacht und setzt sich. Sie macht die Schuhschachtel auf, randvoll mit ungeordneten Fotos. Sie kramt darin, zieht ein Foto aus dem Haufen: ein Kind in Schwarzweiß, es steht am Strand, dunkle Badehose, das Kind lacht, seine Backen sind rund und seine Augen dunkel, genauso wie das gelockte Haar.

«Das bin ich, als ich klein war. Ich war da wohl ... vielleicht ein Jahr alt, das ist in Cancale bei Saint-Malo. Da haben wir in den Ferien den Hintern ein bißchen ins Wasser getaucht, mit den Alten.»

Sie hält ihm das Kind hin und ringt sich ein Lachen ab.

«Das war ... glaub ich ... na ja, damals eben.»

Paßbildformat, Brustbild des Kindes in Farbe, die gefalteten Hände auf einem Schreibtisch, die Locken sind verschwunden, traurige Augen in einem Gesicht mit feinen, sehr femininen Zügen. Das Kind trägt einen roten Pullover mit rundem Ausschnitt, es sitzt vor einer Landkarte.

«Da war ich sieben, in der Volksschule. Ein richtiger kleiner Mann!» Juju erstaunt, die Augenbrauen hochgezogen.

«Das bist du? Du sieht aus wie ein Junge.»

Sie dreht das Bild um und liest:

«Victorien, 23. März 1971.» Juju begreift nicht.

Das Kind ist kein Kind mehr, lehnt an einer Mauer, sicher ein Sommertag. Das Gewicht auf dem rechten Bein, das linke vorgestreckt, der Fuß angespannt, die Hände in den Hüften. Ein dünner, blaßlila Pulli, der die schmächtigen Schultern frei läßt, eine hellblaue, hautenge Hose und blaue Mokassins. Die Augenbrauen sind gezupft, die Augen mit einem schwarzen Lidstrich betont, die Lippen zinnoberrot geschminkt. Auf dem Gesicht ein undefinierbares Lächeln, zwischen Ironie und Schmerz.

«Neunzehnhundertneunundsiebzig. Ich bin fünfzehn, meine Cousine hat das Foto gemacht. Ich erinnere mich daran, es war an einem Sonntag, die Alten waren dabei, ich hatte die Kleider meiner Mutter angezogen. Wir haben uns scheckig gelacht...»

Juju wird immer verwirrter. Mit offenem Mund starrt er auf den Fünfzehnjährigen im blaßlila Pulli, dann auf Trickse, dann wieder auf das Foto.

«... Das bist du?»

Sie hört auf, in der Schuhschachtel zu kramen, ihr Blick geht wieder in die Ferne. Trickse ist nicht mehr im Zimmer. Sie ist in der Schuhschachtel.

«Er wollte einen Jungen, ihr war es egal, und als sie schwanger war, grölte er im ganzen Kaff herum, das würde ein Junge, ein richtiger, ein Mann mit mächtigen Eiern, das grölte er, wenn er besoffen war, und er war immer besoffen. Und er hat seinen Mann gekriegt. Genau wie er, hat er gesagt. Er hat sogar aufgehört zu bechern, als das Kind kam. Nicht lang. Sie durfte mich nicht durch die Gegend tragen, er nahm mich mit raus, und er kaufte mir einen Haufen blödes Zeug: Soldaten, Plastikgewehre, Roboter, Zorro zum Ausschneiden, und ich konnte mit dem Scheißzeug nichts anfangen, ich wollte lieber mit Puppen spielen und Kleider und Schuhe wie meine Mutter anziehen, und dann hat er angefangen, durchs Kaff zu grölen, das wäre kein Kerl, was die Alte da rausgequetscht hätte, das müßte eine Verwechslung sein, die hätten sich vertan in der Klinik, und er hat angefangen zu schlagen. Vor allem die Mutter. Was die alles abgekriegt hat, die Arme!»

Stille im Zimmer, Lärm von draußen. Und die Traurigkeit von Juju.

«Hat er dich oft geschlagen?»

«Manchmal. Aber nicht so oft wie sie. Er hat mich nicht mehr gekannt. Er hat mich nicht mehr ‹Victorien› genannt, er nannte mich ‹die Trickse›. Oder die Tunte, die Tucke, die Trutsche, die Arschfotze, wenn er so richtig zugeknallt war.»

«Und du hast nichts gesagt?»

«Nein. Am Anfang tat es weh, und dann habe ich geheult, aber mit der Zeit … Und außerdem gab es den Hühnerstall. Wir lebten in einer alten Bruchbude mit einem Stück Garten und einem Hühnerstall, der nicht mehr benutzt wurde. Und der alte Hühnerstall war mein Zuhause. Dort fühlte ich mich wohl, die Alten setzten da nie einen Fuß rein. Da war nichts, nur die Stangen für die Hühner, und natürlich waren keine Hühner da. Also habe ich alles saubergemacht, und in meinem Kopf habe ich mir Möbel ausgedacht. Aber nicht irgendwelche Möbel, Luxusmöbel, Superluxusmöbel! Wenn man reinkam, gab es links einen mit Perlmutt besetzten Sekretär mit einer Menge Geheimschubladen, rechts eine kubanische Mahagonikommode, gegenüber vom Eingang ein riesiges Bett mit Baldachin, einem Himmel aus Musselin mit Gold- und Silberpailletten. All diese Möbel hatte ich in Zeitschriften mit Abbildungen aus den Häusern von Millionären oder in Zeitschriften für Antiquitätenhändler gesehen. Die klaute ich am Kiosk. Neben dem Baldachin gab es zwei Regale, echte, die hatte ich mit Geschenkpapier ausgelegt, und darauf hatte ich meine Lippenstifte, meine Puderdosen, mein Maskara, meine Strümpfe, meine Slips gelegt, ich klaute das alles in den Läden. Manchmal wechselte ich die Möbel. An einem Tag chinesischer Stil, am nächsten arabischer ...»

«Und was hast du mit den alten Möbeln gemacht?» fragt Juju ernst. Trickse muß lächeln.

«Ich habe ein echtes Streichholz angezündet und sie verbrannt.»

«Wie schade. Alte Möbel sind viel wert.»

«Manchmal muß man alles verbrennen. Man darf nichts behalten. Gebrauchte Sachen, die sind zu nichts nütze und tun weh.»

Sie kommt wieder aus der Schuhschachtel, sieht Juju an. Ihre Hand auf dem Knie des Jungen, sie wandert nach unten, bis zum Fuß.

«Weißt du, daß du schöne Füße hast?»

«Was war mit deinen Eltern?»

«Alt. Alt waren sie.»

Die Hand streichelt den Fuß.

«Aber was waren sie von Beruf?»

«Wofür ist das wichtig, Jungchen?»

«Hast du Fotos von ihnen?»

Sie zieht ihre Hand weg.

«Verbrannt!»

Sie geht zurück in die Schuhschachtel.

«Es war am Tag nach meinem vierzehnten Geburtstag, ein warmer Morgen, ich war in der Küche, in Hemd und Unterhose, ich wartete, daß der Kaffee durchlief, die Mutter war zur Arbeit gegangen, ich habe ihn nicht kommen hören, ich spürte seine Hand auf meinem Hintern, ich zuckte zusammen. Er hat gesagt: ‹Sieht so aus, als wär dein Geburtag, mein

Schätzelchen?› Ich habe gesagt, daß er gestern war, er hat gesagt: ‹Und wie alt wird meine große Tucke?› Ich habe gesagt: ‹Vierzehn.› Er stank nach Alkohol, er war noch nicht wieder nüchtern von der Nacht. Er hat gesagt, ich hätte einen schönen kleinen Hintern, das wäre das erste Mal, daß er das merkte, und er hat angefangen, meinen Hintern zu kneten, er hat meinen Slip runtergezogen, ich wollte raus aus der Küche, aber er hat mich gegen den Herd gedrückt. Mit einer Kraft … Er hat seine große Hand in meinen Nacken gelegt, damit ich mich vorbeuge. Ich war über dem Kaffee, das Gesicht im Dampf. Ich hätte fast geschrien, so weh tat es, aber ich wollte nicht schreien, und als es vorbei war, hat er mir einen Klaps auf den Hintern gegeben und hat gesagt, es wär gut gewesen, ich hätte einen knackigen kleinen Hintern. ‹Eng ist sie, die Trickse›, das hat er gesagt.»

Sie hebt den Kopf, und die Tränen strömen aus den Augen mit den geschlossenen Lidern.

«Es passierte oft. Am Anfang bei Gelegenheit, und dann regelmäßig. Und weißt du was? Ich hatte es gern! Ich wartete auf den Alten, und ich hielt ihm meinen kleinen Hintern hin, und je häufiger es passierte, desto weniger eng war die Trickse.»

Sie läßt den Kopf sinken, öffnet die Augen, streicht ihr Haar glatt. Die Tränen machen graue Flecken auf ihrem T-Shirt.

«Und ich fing an, diesen alten Scheißkerl zu lieben. Wie wahnsinnig. Er war mein erster Typ, mein Mann, und eines Tages konnte ich mich nicht zurückhalten, ich habe ihm gesagt, daß ich ihn liebe, und ich wollte ihn küssen, und er ist völlig durchgedreht, er hat mich behandelt, als wäre ich pervers, und hat mich geschlagen, er konnte nicht mehr aufhören zu schlagen. Ich war völlig am Boden. Da habe ich den Hühnerstall angesteckt, ich hab die Möbel verbrannt. In dem Baldachin war der Alte … Ich hab meine Strümpfe meine Slips meine Schminke in eine Tasche gesteckt und bin weg.»

Sie wischt sich die Wangen mit ihrem T-Shirt trocken und legt die Fotos in die Schachtel zurück. Juju schnieft.

«Weißt du, was wir machen, Jungchen? Wir schlafen ein bißchen, dann gehen wir runter zu *Olympe* und kaufen dir eine Hose, und heute abend gehe ich nicht arbeiten, ich führe dich aus, ins Restaurant, und dann ins Kino. Was hältst du davon?»

Juju ist durcheinander. Er ist Trickse, und es tut ihm weh. Er versucht, sich den alten Säufer vorzustellen, doch immer wieder schiebt sich das Gesicht von Armand vor das Bild. Er sagt Trickse, daß er sie gern hat. Sie macht die Schuhschachtel zu und räumt Victorien hinten in den Schrank.

Sie liegen Gesicht an Gesicht unter der Bettdecke.

«Scheiße. Morgen hab ich verquollene Augen», sagt Trickse. «Lach mal, Jungchen.»

Jungchen lacht.

«Was bin ich für dich?»

«Du bist eine Frau», antwortet Juju ohne Zögern. «Und außerdem bist du nett, und schön.»

Er rückt zu ihr heran und kuschelt sich an sie.

Sie schlafen kaum, liegen eng aneinander geschmiegt, und nach dem Aufstehen machen sie, was Trickse gesagt hat.

Sie zieht Hose Bluse Jacke an, flache Schuhe, schminkt sich nicht, setzt keine Perücke auf den Kopf, sie gehen zusammen die Rue Lepic hoch zu einem Jeansladen. Sie sucht ihm eine verwaschene 501 aus, und während er die Jeans anprobiert, nimmt sie eine Lederjacke von der Stange: grobes Leder, Fliegerabzeichen auf den Ärmeln, faltet ein Westernhemd auseinander und begutachtet ein Paar Stiefel. Sie sagt ihm, er soll die Jacke und die Stiefel anprobieren, er sagt nein, das geht nicht, das ist zu viel und zu teuer, sie antwortet, sie hat etwas auf der Seite, nicht viel, aber für ein paar Klamotten reicht es. Juju sagt ja, er ist ganz verrückt vor Freude, Trickse ist zufrieden, sie zahlt mit einem Bündel großer Scheine. In einem anderen Laden kauft sie ihm Wäsche, Unterhosen und Socken, und in einer Buchhandlung ein Buch und Zeitschriften über Flugzeuge.

Zu Hause näht sie die Jeans um, weil sie zu lang ist, und erklärt Juju, wie man Metro fährt, die einzelnen Linien, die Umsteigepunkte, alles ganz einfach, und wenn er sich verläuft, soll er jemand fragen, aber eine Frau, keinen Mann, einen Mann soll man nie um etwas bitten. Sie gibt ihm einen Zehnerblock Metrofahrscheine und hundert Francs für Essen und für den Notfall. «Du bist still, das ist mein Geld, und ich mache damit, was ich will, Jungchen. Und tu mir einen Gefallen: Kauf dir was zu essen und lauf nicht mit leerem Magen herum.» Sie ist mit dem Saum am rechten Hosenbein fertig, jetzt nimmt sie sich mit einem Fingerhut über dem Daumen das linke vor. Ohne von dem verwaschenen Stoff aufzuschauen, fragt sie gleichgültig:

«Wenn du deine Schwester wiederfindest, bleibst du dann bei ihr?»

«...»

Komische Sache, das mit der Zeit, drei Tage ist er weg, aber es scheint ihm viel länger. Er denkt an Sheila, schaut Trickse zu, wie sie näht.

«Du weißt ja, sie will sicher, daß du wieder nach Hause gehst.»

«Nein!» sagt Juju, fast schreiend. «Ich will bei dir bleiben.»

«Das wär's. Die Hose ist fertig, ich bügel noch mal drüber ... Und die Schule? Du mußt die Schule fertigmachen ...»

Klopfen an der Tür: Mick.

Sie macht die Tür auf, sagt nichts, schaut ihn nicht an. Er redet und kratzt sich am Hintern:

«Ich weiß, ich hab Jungchen nochmal sitzenlassen, aber du brauchst dich nicht aufzuregen, ich erklär's dir.»

Er sieht die neuen Sachen auf dem Bett liegen, die Stiefel.

«Meine Fresse …! Jungchen macht sich!»

Er betastet mit seinen schorfigen Händen die Lederjacke.

«Aber das ist ja echtes Tier? Hast du einen Kunden, der Viecher züchtet? Einen Cowboy?»

«Ich hab genug von deinem scheiß Geschwätz», zischt Trickse durch die Zähne, «ich kann dein Gesabber nicht mehr hören, mir reicht's, ich krieg schon Pickel, wenn ich dich seh!»

Sie setzt sich an den Frisiertisch.

«Verpiß dich! Geh zu Djamel!»

«Jetzt nicht! Djamel wartet nicht auf mich!»

Er wirft eine kleine blaue Plastikugel auf den Frisiertisch.

«Hey! Ich arbeite wieder für ihn. Da sieht die Welt gleich anders aus! Kann ich mal ins Bad?»

«Ja, aber du machst die Tür zu.»

Als er aus dem Badezimmer kommt, schwankt Mick ein bißchen, ihm fallen die Augen zu, er ist nicht mehr so bleich, die Stimme belegt, auf seiner rechten Hand ein kleines Blutrinnsal. Er sagt zu Juju:

«Steig in die Klamotten, Jungchen, wir spielen Detektiv.»

«Heute nicht», sagt Trickse und schmiert sich Creme ins Gesicht. «Heute abend leisten wir uns ein Essen und gehn ins Kino. Ich geh nicht arbeiten.»

Mick traut seinen Ohren nicht. Fünf Jahre kennt er Trickse, fünf Jahre jede Nacht arbeiten, egal ob sie einen Affen schiebt, ob sie krank ist oder völlig erledigt, ein paarmal Essen gehen, aber Kino, niemals, und nie ein Typ im Zimmer in der Rue Lepic. Das versteht er überhaupt nicht, er fängt an, sich wie wild zu kratzen.

«O la la, ja also, ja … ich zieh dann mal ab, ich muß mir was durch den Kopf gehen lassen», sagt Mick.

Trickse läßt einen spitzen Schrei los, lacht laut und bleckt die weißen Zähne.

«Mick läßt sich was durch den Kopf gehen! Mir fallen die Titten ab!»

Er geht aus dem Zimmer, ohne ein Wort, und knallt die Tür ins Schloß.

Juju sieht ganz anders aus in seinen neuen Sachen, seine Haare glänzen, Trickse hat ihn gekämmt, ihm Gel in die Lokken gemacht, sie ist erstklassig geschminkt, trägt ein blaurotes Chanel-Kostüm, pastellrosa Bluse, dunkle Strümpfe, Pumps und Handtasche aus Lackleder, ein Armband aus Weißgold am Handgelenk, am Ringfinger einen in Graugold gefaßten Aquamarin, ein Hauch von Parfum hinter den Ohren und innen an den Handgelenken. Der Kopf ohne falsche Haare.

Sie hat für das Abendessen das Wepler an der Place Clichy ausgesucht. Und auf dem Weg von der Rue Lepic zur Place Clichy hat sie Juju dauernd zum Lachen gebracht, weil sie bei jedem Mann, der vorbeikam, einen ihrer kleinen spitzen Schreie ausstieß und ihn auf einer Skala von 0 bis 20 einordnete, befriedigend, gut (kaum sehr gut), ausbaufähig, zum Kotzen, unfickbar, zum Weiterschlafen. Trickse benotet mit Kraftausdrücken.

Meercsfrüchteteller, für sie einen Gewürztraminer dazu, für ihn eine Cola, nur ein Glas Weißwein zum Probieren. Trickse tut so, als wollte sie den Kellner aufreißen, der sie mit «Madame» anredet, und Juju kommt nicht aus dem Lachen raus, das Glas Wein steigt ihm schnell in den Kopf, und er erzählt von Armand und seinen Pleiten, von Isabelle mit ihren Martinis, Trickse prustet los, je mehr Juju erzählt, desto mehr müssen sie lachen, und als er bei Armands Ohrfeigen für Isabelle ist, platzt Trickse vor Lachen und spuckt eine Auster aus. Juju sagt, daß er ein Unfall ist, Trickse sagt, das stimmt, er ist wirklich ein Unfall, eine Katastrophe, aber wenn alle Katastrophen so blendend aussähen … wenn alle Abende so schön wären, «Mein Gott …» Sie ist beschwipst, «angeschikkert», wie sie sagt, sie bestellt noch eine Flasche Gewürztraminer, ihr reicht es mit der Anmache, und sie sagt dem Kellner,

daß sie verheiratet ist, ein Kind hat, Juju. Der Kellner beglück-
wünscht Trickse, es ist das erste Mal, daß er eine so junge und
gutaussehende Mutter sieht, sie bedankt sich, aber ehrlich gesagt, es ist nicht ihr Verdienst, sondern ein Werk der Schön-
heitschirurgie. Zum Käse trinkt Juju noch ein halbes Glas
Wein und will wissen, wie sie Mick kennengelernt hat und
wann. Vor fünf Jahren, das erste Mal, daß sie verrückt nach
einem Typ war, genaugenommen ... das zweite Mal. Damals
sah er gut aus, er stank nicht und kratzte sich nicht, und er hat
ihr zum ersten Mal ... um's kurz zu machen, lang hat das nicht
gedauert, ein paar Monate, er wollte nicht sie, er wollte ihr
Geld, also hat sie mit ihm Schluß gemacht. Fast. Er ist immer
hier wegen ... nicht richtig, er kommt bloß vorbei, auch wenn
er sie nicht anfaßt, allein wenn sie dran denkt, kriegt sie schon
die Krätze ... Wie wär's mit einem Nachtisch? Ein Rieseneis-
becher mit Sahne, mit kleinen braunen Dingern drauf, so Flie-
gendreck, und einer Kirsche mittendrin?

Das Wetter ist nicht zu mies, wie wärs, wenn sie bummeln
gehen statt ins Kino, schlägt Trickse vor. Juju ist einverstanden, sie sagt «Tschüs mein Süßer» zum Kellner, «ist schon
Scheiße, wenn ein Mann sich von einem Mann anmachen
läßt», sie sagt das mit einer extra tiefen Stimme, und der Kellner weiß nicht, was er antworten soll, er steht wie angewurzelt
da, mit halb geöffnetem Mund, die weiße Serviette über dem
Unterarm. Sie gehen aus dem Wepler, Trickse eiert etwas
beim Gehen, sie sagt, sie hat einen Kleinen sitzen, aber das
bringt sie nicht um, und die kühle Nacht in Clichy tut ihr gut.
Sie fragt Juju, ob er ihr nicht die Hand geben will, er nimmt die
Linke von Trickse in seine Rechte, seine linke Hand steckt in
der Hosentasche und hält den Schlussel für das Zimmer in der
Rue Lepic umklammert. Sie bummeln an den Schaufenstern
die Rue de Rome hinunter bis zur Gare Saint-Lazare, von dort
zur Oper, Trickse erklärt und erzählt, Sehenswürdigkeiten,
Häuser, Straßenzüge, wie ein Fremdenführer, Juju will die
Stufen zur Oper hochklettern, und auf dem Boulevard des Ita-

liens hat Trickse Lust auf einen schönen schwarzen Kaffee. Sie setzen sich auf das rote Kunstleder eines großen Cafés, Trickse bessert ihre Schminke nach und ohne daß sie Juju ansieht, weiß sie, daß er etwas sagen, etwas fragen will.

«Na los, Jungchen, ich bin ganz Ohr.»

«Du willst also, daß ich bei dir bleibe?»

«Ähm ... du kannst eine Zeitlang bleiben, wenn du willst.»

«Ooh Klasse, das ist genial!»

«Aber es kann sein, daß du Schwierigkeiten kriegst, du bist noch minderjährig, und deine Eltern lassen dich bestimmt suchen.»

Die Bedienung bringt den Kaffee und die Schokolade. Sie sind still, nippen an der heißen Flüssigkeit in den Tassen, Trickse sagt:

«Scheiße! Ich hab keine Lust, daß mir deswegen heute abend das Hirn rotiert, nicht heute abend, wir werden sehen, was kommt.»

Langsam laufen sie die Straßen Richtung Place Blanche zurück, Trickse sagt, sie ist fertig, sie hat dicke Beine und einen vollen Bauch, sie will wissen, ob Juju nicht völlig erledigt ist, ob ihm der Abend gefallen hat, nein, er ist nicht erledigt, woher denn, der Abend war genial, und Paris ist so schön bei Nacht.

«Ja, schön, aber schwarz», antwortet Trickse, «die Nacht ist immer schwarz, alle Nächte, manchmal auch die Tage, es gibt einfach schwarze Tage, du darfst die Nacht nicht gern haben! Und hüte dich vor den Tagen.»

Es ist spät, als sie zu Bett gehen. Juju schläft wie erschlagen ein, natürlich ist er erledigt, Trickse zieht ihm die Decke bis unters Kinn, schaut lange in das schlafende Gesicht, dann schläft auch sie ein. Mick weckt sie auf.

«Du solltest dir die Haare wachsen lassen», sagt Trickse zu Juju, bevor sie ihm einen Kuß auf die Stirn drückt und er mit Mick nach Saint-Germain aufbricht.

Kaum haben sie Trickses Tür hinter sich zugemacht, fängt Mick an, Juju auszufragen, er will wissen, wie der Abend gewesen ist.

«Das geht dich nichts an», sagt Juju ernst, doch mit einem Lächeln.

«Was du nicht sagst, kleiner Hohlkopf!» sagt Mick ernst, doch ohne ein Lächeln und mit feuchter Aussprache. «Du hälst dich wohl für einen Mann? Hä? Antworte, wenn ich dich was frage!»

Er wird gemein, Juju kriegt wieder Angst.

«Na gut. Wir haben an der Place Clichy gegessen, und ...»

«Im Wepler?»

«Also den Namen von dem Restaurant weiß ich nicht.»

«Was habt ihr gegessen?»

Spucke auf Jujus Wange.

«Meeresfrüchte.»

«Das Wepler!»

Juju wischt sich die Wange ab.

«Und was hat sie dagelassen?»

«...»

«Wieviel hat sie dafür bezahlt?»

«Das weiß ich nicht, ich hab nicht gesehen, wieviel.»

«Weiter!»

«Wir sind spazierengegangen, bis zur Gare Saint-Lazare, und dann zur Oper, und wir haben einen Kaffee und eine Schokolade in einem großen Café getrunken.»

Spucke auf der Stirn.

«Boulevard des Italiens! Und dann?»

«Dann sind wir zurück nach Hause.»

Er wischt sich die Stirn ab.

«Und was habt ihr gemacht?»

«Also ... Nichts! Wir haben geschlafen!»

«Ach so ...», sagt Mick, nicht überzeugt. «Und was hast du vor?»

«Was soll ich vorhaben?»

«Das frage ich dich, Schwachkopf! Was hast du mit Trickse vor?»

«Ich will mit ihr zusammenleben!» sagt Juju eifrig.

Er duckt sich, weicht einer Ladung Spucke aus.

«Da hast du's nicht schlecht erwischt. Und deine Schwester?»

«... also ...»

«Also also also! Ist das alles, was dir einfällt?» schreit Mick am Ende der Rue Lepic.

Er ist wütend, er stammelt, kratzt sich wie wild an den Eiern.

«Weißt du denn, was Trickse ist?»

«Ja, weiß ich!» antwortet Juju frech.

Mick bleibt stehen, packt ihn am Kragen.

«Und zwar was?»

«Sie ist keine richtige Frau.»

«Und woher weißt du das?»

«Sie hat es mir gesagt!»

Mick schnappt ein paar Sekunden nach Luft, läßt den Kragen los und geht weiter, ohne etwas zu sagen, immer noch wütend. Bis Saint-Germain reden sie kein Wort. Juju macht sich nichts draus. Er hat einen Schlüssel, hundertfünfzig Mäuse und einen Metroplan. Und einen Hauch Parfum am rechten Handgelenk. Trickses Duft.

Tweed, Flanell und Sonnenbrille, Isabelle steigt aus dem Aufzug eines Mietshauses unten in der Rue de Rennes. Ihr Finger mit Handschuh klopft an eine Tür. Eine junge Frau, asiatisch, das Haar lang und pechschwarz, in einem bunten Hauskleid: Maud. «Guten Tag, Mademoiselle», «Madame», Isabelle sagt, sie ist die Mutter von Sheila und Julien, Maud sagt, sie weiß Bescheid über die Sache, doch sie hat Sheila schon lange nicht gesehen, und Julien noch weniger. Unter der Sonnenbrille strömen die Tränen, Maud sagt, sie soll doch einen Moment hereinkommen, Isabelle schnieft, sie will nicht stören, aber sie stört doch überhaupt nicht, na gut nur einen Augenblick danke das ist sehr freundlich, vielleicht möchte sie einen Kaffee oder einen Tee zur Stärkung, weißes Taschentuch, Kaffee oder Tee das macht sie nur noch aufgeregter und sie leidet ja schon unter Schlaflosigkeit doch wenn Maud etwas Leichtes hätte einen Martini vielleicht, leider kein Martini mehr das tut ihr leid aber Wodka hat sie im Haus, also nur einen Fingerbreit, mit Fruchtsaft? Nein danke wegen dem Zucker. Eiswürfel? Ein kleiner ja aber nur einen, bitteschön ... Ich mache mir ja solche Sorgen ich klappe noch zusammen, sagen Sie wenn's genug ist, und Sie wissen nicht wo Sheila sein könnte? Keine Ahnung, jaaaaaaaaa stop!

Unten in dem Haus, wo Maud wohnt, ist keine Bank.

Mick bleibt nicht lange mit Juju zusammen; was zu erledigen, Kunden warten.

«Was für Kunden?» fragt Juju. «Was verkaufst du denn?»

«Das erzähle ich dir schon noch», druckst Mick herum.

Sie gehen zusammen zur Metro, und Juju bedankt sich, daß er mitgekommen ist.

«Würdest du dir gern ein bißchen Kohle verdienen?» fragt Mick. «Wenn du bei Trickse bleiben willst, brauchst du Kies.»

«Und was wär das?»

«Abends 'n bißchen was arbeiten.»

«Also ... ich habe noch nie gearbeitet!»

«Keine Sorge! Das ist nicht schwer. Aber ich muß da erst mal selbst was managen ... Ich komme bald vorbei und hole dich.»

«Brauchst du nicht, Trickse hat mir erklärt, wie man Metro fährt.»

«Gibt ja 'ne richtige Mama ab, dein Freund!»

«Meine Freundin!»

«Du gehst mir auf den Sack», schreit Mick und verschwindet auf der Treppe, die runter zur Metro führt.

Juju hat Hunger. Er geht langsam die Rue de Rennes wieder

hoch, Richtung Gare Montparnasse, Trickse hat ihm gesagt, daß er in der Bahnhofsgegend was zu essen findet.

Mauds Tür öffnet sich, Isabelle stößt sich die Hüfte am Türrahmen an … «Also entschuldigen Sie die Störung, Maud, und danke.» – «Keine Ursache, und machen Sie sich keine Sorgen, Julien kommt schon zurück.» Isabelle greift nach dem Treppengeländer und verpaßt die erste Stufe. «He, Scheiße!» Maud kommt eilig dazu. «Nichts gebrochen? Halb so schlimm!» Isabelle setzt sich die Sonnenbrille auf die Nase. «Ich glaube … ich hätte den vierten Wodka nicht nehmen sollen … manchmal tut das gut, jaaa, aber ich bin Alkohol nicht gewöhnt, wissen Sie.» Den rechten Fuß und den linken Fuß, vorsichtig auf jede Stufe, Hand fest am Geländer. «Also … und Sie halten mich auf dem laufenden, wenn es etwas Neues gibt, ja?» – «Auf jeden Fall, Isabelle. Hoppla…, ich glaube, Sie nehmen doch besser den Aufzug.» – «Ach ja, wie dumm von mir …»

Juju kauft sich ein Butter-Schinken-Sandwich und Pommes und geht auf der linken Seite die Rue de Rennes wieder runter, Isabelle geht auf der rechten Seite hoch, Richtung Montparnasse, wo ihr Auto steht.

*

Krieg im Westen auf dem verlassenen Boulevard, eine Echte hat einer Falschen den Stinkefinger gezeigt, so hat's angefangen, und die Falsche kontert, sie soll gehen und sich ihre Eierstöcke liften lassen. «He, Schwanzloser!» Da sagt ihr die Echte, sie soll ihren Sabber woanders hinspritzen. «Halt deine Schnauze, Drecksnutte, oder ich rupf dir dein Fell vom Bauch!» antwortet die andere. «Geh und laß dir deine Zellulitis absaugen!» keift ihre Kollegin. «Schwules Saupack, wir machen euch platt!» jault der Chor der Echten. «Fotzen!»

schreien die Falschen zurück, ein Auto fährt langsamer, das Geschrei verstummt, Trickse kommt.

«Um die Zeit kommst du angetanzt?» sagt Goldmira in einem bedrohlichen Ton.

«Na klar. Ich hab genug vom Anschaffen», antwortet Trickse unfreundlich.

«Und gestern abend, wo warst du da?»

«Ich hab blaugemacht!»

«Und wie willst du mir mein Geld zurückzahlen, wenn du nicht malochst?»

«Nerv mich nicht, Mira!» sagt Trickse herausfordernd, in dem Ton, den sie bei Mick anschlägt.

Sie lehnt sich an ein rotes Auto, Vinyl steigt in ein blaues ein, Goldmira geht auf Trickse zu, ihre goldbraunen Augen blikken fest in Trickses müde Augen. Sie keift.

«Aber hallo, mein Hühnchen! Jetzt aber mal 'n Zackn weniger und runter von der Stange, du Dreckstück. Halt mich nicht für ...»

Bleich unter ihrer Schminke, läßt Trickse die Handtasche fallen, ihr rechter Fuß schnellt hoch, fetzt zwischen Goldmiras Beine, unter den kurzen Rock. Die goldbraunen Augen schließen sich, der mächtige Körper klappt zusammen, die Hände greifen nach den Eiern, der Mund verzieht sich und stößt einen Schmerzensschrei aus, Trickse brüllt, sie macht sie fertig, ihre rechte Faust donnert auf die Nase in dem verzerrten Gesicht, aus den Nasenlöchern schießt das Blut, Trickse ist wie besessen, in ihrem Körper, ihrem Hirn explodieren achtundzwanzig einsame Jahre, werden zu Gewalt, prügeln los, ihre Hände greifen wie irre nach dem blutüberstömten Gesicht und schmettern es gegen das Blech des roten Autos, gegen den Rückspiegel, Zähne werden ausgeschlagen, Lippen platzen auf, der Backenknochen knirscht, und der Körper sackt zusammen, sinkt auf den grauen Asphalt nieder, fleht die wahnsinnigen Hände an, aufzuhören. Am Rückspiegel hängt die braune Lockenperücke. Mit der Schuhspitze tritt

Trickse nach dem Körper, der auf dem Boden liegt und sich zusammenkrümmt. Sie schreit nicht mehr, sie spricht gelassen, sie fühlt sich mächtig, nicht sie steigt von ihrer Stange runter, sondern Mira, diese Nutte, und der Schuh zielt auf das Gesicht, der Pfennigabsatz bohrt sich in die Kopfhaut, und die Echten feuern sie an, der Boulevard wird zur Arena, Nicotine weint auf ihre Kippe, die Rutsche stößt spitze Schreie aus, Gina sagt zu Trickse, sie soll aufhören, Goldmira krepiert noch, aber das ist genau, was Trickse will, daß diese Schlampe krepiert, also schlägt sie zu, und das ist nicht mehr Goldmira auf dem Asphalt, das ist der alte Suffkopf, das ist Mick, das sind alle Männer, und zitternd, erschöpft, glücklich hört sie auf, spuckt auf den Körper, der nicht mehr stöhnt, sich nicht mehr regt, der aber noch atmet. Gina, die Rutsche und Nicotine beugen sich über den blutenden Fleischhaufen. Gina sagt, sie ist verdammt alle, die Mira, wenn die Bullen vorbeikommen, wollen sie nicht in der Scheiße sitzen, sagt Nicotine. «Schafft den Dreck da weg!» befiehlt Trickse. Sie hieven die leblose Masse unter den Bravorufen der Echten hoch, Trickse, die Beine gespreizt, Hände in den Hüften, triumphiert.

«Das war's, meine Alte! Du bist nicht mehr die Königin, du bist nur noch ein Riesenhaufen Scheiße, und ich habe die Spülung gezogen!»

Ein Zug falscher Frauen, die einen schmerzenden Körper über einen verlassenen Boulevard schleppen. Trickse ist nicht dabei, sie lehnt an einem roten Wagen. Sie bewacht den Skalp, der am Spiegel baumelt, und das Blut einer entmachteten Königin, die von ihrem Sockel gestürzt ist.

*

Der Mann sitzt auf dem Sofa Isabelle und Armand gegenüber, er ist jung, trägt eine schwarze Lederjacke, er fragt Isabelle, ob sie die Adresse von dieser Maud hat, ja sicher habe
ich sie, Herr Inspektor. Sie schreibt die Adresse auf, der Inspektor steckt sie in die Jacke.

«Seit fünf Tagen, sagen Sie, ist er weg?»

«Ja genau, Herr Inspektor.»

Sie lehnt sich im Sessel zurück, lächelt den Mann mit der
Jacke an, schlägt langsam die Beine übereinander, zu langsam.

«Möchten Sie etwas trinken, Herr Inspektor?» haucht Isabelle.

Nein danke sehr freundlich er möchte nichts trinken. Aber
wenn Herr Inspektor gestattet, nimmt sie einen Schluck, sie ist
derart niedergeschlagen ... Herr Inspektor gestattet, selbst-
verständlich. Sie steht auf, öffnet den Schrank, bringt ein Glas
und eine angebrochene Flasche Martini.

«Und nichts Neues von Ihrer Tochter?»

Beine übereinander, die Flüssigkeit gluckst in ihrem Hals.

«Doch, Herr Inspektor, sie hat angerufen, aber sie weiß
nicht, wo ihr Bruder steckt.»

«Und von wo aus hat sie angerufen?»

«Ich weiß nicht», antwortet Isabelle und kneift die Lippen
zusammen. «Sie hat gesagt, das geht mich nichts an. Aber sie
hat nicht von Maud aus angerufen, da bin ich mir sicher.»

Herr Inspektor zieht eine Schachtel Zigaretten aus seiner
Jacke.

«Es stört Sie doch nicht, wenn ich rauche, Madame?»

«Aber nein, Herr Inspektor, ganz und gar nicht», sagt Isabelle eine Spur zu freundlich.

«Aber mich!» sagt Armand der Betonkopf. «Mich stört
der Rauch.»

Herr Inspektor entschuldigt sich und steckt die Zigaretten
weg, Isabelle wirft Armand einen finsteren Blick zu und nippt
wieder am Martini. Herr Inspektor räuspert sich.

«Und ... ist etwas Besonderes vorgefallen?»

«Etwas Besonderes?»

Sie denkt nach, Armand nicht.

«Ich ... ich wüßte nicht, nein ...»

«Haben Sie ihn vielleicht für etwas bestraft?»

«Wir mußten ihn nie bestrafen, Herr Inspektor. Julien ist ein braver Junge, er macht uns viel Freude.»

«Und Sie beide?» fragt der Inspektor, während er Armand anschaut.

«Wir beide?» wundert sich Isabelle.

«Ja, Sie hatten doch keine ... Auseinandersetzungen? Alles in Ordnung zwischen Ihnen?»

«Alles in bester Ordnung, Herr Inspektor», antwortet Isabelle in einem neutralen Tonfall.

«Du vergißt diesen widerwärtigen Auftritt von dir!» sagt Armand gehässig. Sie muß husten.

«Ich bitte dich, Armand! Das ... das ist unsere Privatsache! Darf ich eine von Ihren Zigaretten nehmen, Herr Inspektor?»

Der Inspektor bietet ihr eine an, gibt ihr Feuer. Die Zigarette zittert in Isabelles Fingern.

«Ihr Sohn ist verschwunden, Madame. Mich interessiert alles, auch Ihr Privatleben, wenn es im Zusammenhang mit Juliens Verschwinden steht.»

Schweigen. Im Hals von Isabelle gluckst es nach einem tüchtigen Schluck.

«Gut ... wir sind uns ein wenig in die Haare geraten ... Sie wissen schon, wie überall!»

«Du hast dich aufgeführt wie eine Hure», sagt Armand mit belegter Stimme.

Er sieht dem Inspektor zum ersten Mal in die Augen.

«Meine Frau ist hysterisch!»

Isabelle steht auf.

«Armand, das reicht!»

«Hysterisch und geil.»

«Es stört Sie doch nicht, wenn ich einen Blick in Juliens Zimmer werfe?» fragt der Inspektor.

«Ganz und gar nicht, Herr Inspektor, kommen Sie mit», sagt Isabelle. Sie gehen in das Zimmer, ohne Armand, er hat sich in seinem Büro eingeschlossen. Der Mann mit der Jacke sieht sich das ganze Zimmer an, untersucht ein paar Sachen auf dem Schreibtisch des Jungen, tippt an die Modellflugzeuge, Isabelle verschränkt die Arme unter der Brust, um den Busen etwas nach oben zu drücken.

«Ihr Mann ist nicht einfach ...», sagt der Inspektor, ohne Isabelle anzuschauen.

«Nicht immer, nein. Ich frage mich, ob ...»

«Ob was?»

Isabelle verschwindet hinter einer Martini-Wolke.

«Madame?»

Sie schreckt auf, schüttelt den Kopf.

«O nichts, nein!»

Er sagt, die Behörden werden die üblichen Untersuchungen in die Wege leiten, man hält Sie dann auf dem laufenden, und umgekehrt bitte auch, wenn sie Neuigkeiten haben.

«Und regen Sie sich nicht auf. Wir finden ihn schon wieder, Ihren Flieger.»

«Danke, Herr Inspektor.»

Isabelle begleitet ihn zum Gartentor, bedankt sich noch einmal, sagt ihm, er kann vorbeikommen, wann immer er möchte, auch privat. Sie geben sich die Hand, ihre Hand ist sehr warm. Isabelle hat einen leichten, sehr leichten Händedruck.

«Auf Wiedersehen, Madame.»

Er geht durchs Gartentor.

«Und trinken Sie nicht zuviel Martini, das steigt in den Kopf!»

Saint-Germain-des-Prés, Trickse hat ein weißes Kleid mit roten Blümchen und einen blauen Mantel angezogen, Juju erinnert sich nicht mehr an die Straßen und die Reisebüros, die er mit Mick abgeklappert hat, sie sagt, das macht nichts, sie werden mal ein bißchen herumschnüffeln.

«Warum war Blut auf deinen Sachen?»

«Blut auf meinen Sachen, bist du sicher?»

«Ähm ja … da waren rote Flecken auf deinen Strümpfen und auf den Schuhen. Sogar auf der Jacke.»

«Das war kein Blut … Da muß mich ein Auto vollgespritzt haben.»

«Ist es am Randstein langgefahren?»

«Genau. Nachts tanze ich oft den Randstein entlang.»

Sie setzen sich vor einen dicken, rothaarigen Typ, sie schlägt die Beine übereinander, entblößt die Knie und ein bißchen die Schenkel, spitzt die Lippen und fängt an zu reden wie ein Vamp in einem Krimi der fünfziger Jahre.

«Nach Madrid. Oder sonstwohin …»

«Bitte?» fragt der fette, rothaarige Typ schwitzend.

«Sonstwohin, zwei Personen … was soll das kosten?»

«Aber …»

Sie wendet sich Juju zu, sagt mit normaler Stimme:

«Ist das deine Schwester?»

Juju merkt, daß er gleich lachen muß.

«Nein, ist sie nicht.»

Trickse steht auf, ganz Glamour.

«Schade … das hätte was werden können mit uns beiden, aber ich bin eine ledige Mutter!»

Sie zeigt mit dem Kinn auf Juju. Ein letzter Augenaufschlag für den rothaarigen Typ.

«Adieu! …»

Auf dem Bürgersteig kann sich Juju nicht mehr halten.

Die kurzen Schreie von Trickse in den Straßen von Saint-Germain, ihre Kommentare, dann der Durst, Lust auf ein Glas kühlen Roten im Deux Magots.

Auf der Straße hat Juju noch gelacht, vor seiner heißen

Schokolade sitzt er jetzt traurig, sie fragt, was los ist, er sagt, alles in Ordnung, aber sie glaubt ihm nicht, sie sagt, er soll ihr keine Geschichten erzählen, sie kennt ihn als ob er von ihr wäre, sie sieht ganz genau, daß er traurig ist, vielleicht denkt er an Sheila, oder daß er zu ihr gehen soll, sicher, eine Schwester ist etwas anderes.

«Nein, das ist es nicht!»

«Was dann, Jungchen?»

«Ich will nicht mehr Trickse zu dir sagen!» sagt Juju erleichtert.

«Was für eine ulkige Idee! Und wie willst du mich nennen?»

«Ich weiß nicht. Aber Trickse ist nicht schön, und außerdem nicht dein richtiger Name!»

«Willst du vielleicht Victorien zu mir sagen?»

«Natürlich nicht, das ist doch ein Jungenname!»

«Ich hab's!»

Aus ihrer Handtasche zieht sie einen Kalender mit einer Liste aller Namenstage, sie gibt ihn Juju.

«Los, such mir einen Vornamen aus.»

Juju geht mit dem Finger die Liste durch, Trickses Blick folgt dem Finger.

«Und komm mir nicht mit ‹Nationalfeiertag› … ‹Aschermittwoch› … ‹Volkstrauertag› … ‹Kreuzerhöhung› … ‹Siegesfeier›, egal ob Anno 18 oder 45, und kein Marius, Donald, Félix oder Roméo, das ist grauenhaft! Georges kommt nicht in Frage … ‹Unbefleckte Empfängnis›, das glaubt mir keiner … und hör gefälligst auf zu lachen, ich komm nicht zum Lesen.»

«Wie heißt du mit Nachnamen?»

«Kannste auch vergessen!»

«Vielleicht reimt sich was?!»

«Vergiß es, sag ich. Gedichte sind nicht mein Ding.»

«Brigitte?»

«Das klingt nach einer nuttigen Blondine.»

«Isabelle?»

«Zu hochgestochen.»

«Natascha!»

«Eine haarige Russenschnalle.»

«Sophie?»

«Mit Spinnweben im Höschen, Sophies stinken.»

Juju sucht weiter, nichts paßt. Sie sagt, Trickse ist schließlich ein Name, den nicht jeder hat, und sie hat sich an ihn gewöhnt, und wenn er ihr nicht gefallen würde, hätte sie sich schon einen anderen ausgesucht, «wie wär's mit einer Crêpe am Boulevard Saint-Michel?»

«Und ein englischer Vorname? Von einer englischen oder amerikanischen Sängerin?»

«Boy George? Komm, wir gehn los.»

Sie laufen über den Boulevard Saint-Germain, durch die Rue de Bucci, und auf dem Boulevard Saint-Michel essen sie eine Crêpe. Sie muntert Juju auf, und er vergißt die Geschichte mit dem Namen. Der Justizpalast, das Théâtre du Châtelet, das Théâtre de la Ville, der Springbrunnen auf der Place du Châtelet, er findet Paris am Tag wirklich schön, genauso schön wie bei Nacht, und Trickse gefällt es, daß Juju Paris mag, tagsüber und nachts.

An diesem Tag gehen sie lange spazieren. Juju ist todmüde, Trickse sagt, das ist nicht ihr letzter Spaziergang, sie haben noch viele vor sich, und als sie in die Rue Lepic kommen. stecken drei Zettel zwischen Tür und Türrahmen, Nachrichten von Mick: «Es ist vier Uhr ich komme um fünf wieder» – «es ist fünf was treibt ihr? ich komme um sechs wieder» – «es ist sechs ihr nervt ich komme um sieben letzter Versuch.» Er kommt, letzter Versuch, fragt schlecht gelaunt:

«Ja Scheiße, was is denn los im Moment? Tickst du aus oder was?!»

«Muß ich dir vielleicht sagen, was ich tu?» fährt Trickse ihn an.

Er antwortet nicht, wirft das blaue Bömbchen auf den Frisiertisch, sie gibt ihm ein paar Scheine und sagt, morgen reicht ein halbes Päckn, sie will mit dem Scheiß aufhören, morgen geht sie zu ihrem Doc, der gibt ihr Tabs zum Aussteigen, Mick lacht sich schief. «Ich krieg mich nicht mehr ein! Du steigst aus! Das hör ich von dir zum hundertfünfzigsten Mal!» – «Das ist das hunderteinundfünfzigste und letzte Mal!» sagt Trickse entschlossen. «Und sprich vor Juju nicht *darüber*!» Mick zieht ab, grummelt zwischen seinen faulen Zähnen: «Juju, Jungchen, Juju ... was soll der Scheiß ... geht mir auf die Eier ...» Juju ist neugierig geworden, fragt Trickse, was das für kleine blaue Plastikkugeln sind, sie sagt, das wär gar nichts, ein Spaß von Mick, diesem Spinner, der findet es einfach toll, ihr Kügelchen auf den Frisiertisch zu werfen, so die Sorte Späße, die man im Kindergarten macht. Und warum gibt sie ihm jeden Abend Geld? Weil sie ihm welches schuldet. Sie macht sich für die Arbeit zurecht, Juju setzt sich in den Sessel, um zu schmökern, doch während sie sich schminkt und die Perücke aufsetzt, kann er sich nicht auf seine Fliegerzeitung konzentrieren, ihm geht durch den Kopf, was Trickse gesagt hat: «... reicht ein halbes Päckn ... mit dem Scheiß aufhören ... Tabs zum Aussteigen ... nicht vor ihm *darüber* sprechen ...» Sie ist soweit, synthetische schwarze Lockenperücke, goldener BH, sie beugt sich über Juju und küßt ihn dreimal, einen Kuß auf die Stirn und einen auf jede Wange, sagt, er soll nicht zu spät ins Bett.

«Tschüs, Jungchen!»

«Arbeite schön! Sag mal ... Schuldest du Mick viel Geld?»

«Zerbrich dir darüber nicht den Kopf. Lies du schön in deiner Zeitschrift und flieg weit weg. Bye!»

«Bye! Und paß auf die Randsteine auf!»

*

Er hat auf dem Platz gewartet, und ihm sind Zweifel gekommen, ob das überhaupt das richtige Haus ist, und die richtige Bank, also ist er weg von dem Platz. Er geht noch einmal den Weg bis zum Châtelet, biegt dann in die Quais zur Linken ein, läuft lange, schaut auf die Seine, Schleppkähne, die übers Wasser gleiten, der Himmel fast blau, er fühlt sich frei und holt tief Luft. Das ist das erste Mal, daß er so tief Luft holt, und nach dem Jardin des Tuileries geht er nach rechts, weiß nicht, wo er ist, aber das ist ihm egal, er nimmt die Metro, steigt sogar zweimal um, ohne sich zu verfahren, aber was ist die Metro für ein Horror, all die Leute, all die Gerüche, diese schwarzen Löcher unter der Erde und Paris über seinem Kopf, lieber läuft er durch Paris, als daß er es über sich hat, oder fliegt lieber darüber weg, in einem kleinen Flugzeug, vielleicht einem Segelflieger …

Sie ist zu ihrem alten Arzt gegangen, faseriges weißes Haar, krummer Rücken, müde Augen hinter den dicken, runden Gläsern seiner Hornbrille, ihr alter Arzt, der sie schon gekannt hat, als sie noch «Victorien» aber fast schon «Trickse» war, der ihr immer still zuhört, ein Lächeln auf seinen alten Lippen, und das sagt viel mehr als die mit einem Füller auf den Rezeptblock gekritzelten Worte, also hat sie ihm nur auf die Lippen gesehen und hat ihm gesagt, sie ist immer noch abhängig, und sie will das nicht mehr, er muß sie davon befreien, und diesmal weiß sie, wofür sie frei sein will … Der Besuch beim Arzt, er hat ihr ein paar Tabletten gegeben, und dann zwei drei Einkäufe, mehr ist nicht gewesen.

«Hat der Doktor dir Pillen gegeben, um mit dem Scheiß aufzuhören?»

«Jungchen!»

«Aber das hast du doch gestern gesagt. Ist es, um dich innen drin gesund zu machen?»

«Ja genau, das ist es.»

Sie hebt ihre Hand über den Kopf, um sich die Haare glattzustreichen.

«Was heißt das, ‹Tabs zum Aussteigen›?»

Die Hand bleibt in der Luft hängen.

«Du hörst aber auch alles? Das ist eine Geheimsprache, von Mick und mir.»

«Bringst du sie mir bei?»

Ihre Hand sinkt auf den Kopf herunter. Sie sieht durch den Spiegel am Frisiertisch hindurch, die Hand regungslos.

«Mir fallen die Titten ab ... Ich bringe dir die Sprache nicht bei, weil ich sie nicht mehr benutzen will!»

Sanft, wie von alleine streicht ihre Hand die Haare glatt. Ihre Augen verlieren sich in ihrem Spiegelbild. Das Gesicht im Spiegel ist eine Maske.

«Was hast du gestern verstanden?»

«Verstanden?»

«Von dem, was Mick und ich geredet haben.»

«Eigentlich habe ich nichts verstanden.»

«Es gibt auch nichts zu verstehen, Jungchen.»

Sie wendet sich Juju zu, ihr Gesicht ist wieder normal, sie steht auf und setzt sich auf die Bettkante, neben Juju, sie nimmt den Kopf des Jungen in ihre Hände, ihr Gesicht ist einige Zentimeter von seinem entfernt, ihre Augen glänzen, strahlen.

«Du wirst sehen, Jungchen, das wird genial! Ich arbeite wie blöde, und wir können umziehen, wir nehmen uns eine Zweizimmerwohnung in einem schönen Haus und sehen zu, daß wir Mick loswerden, du gehst auf eine Privatschule, wir unternehmen tausend Sachen, wir verreisen und kommen überall hin! Was sagst du dazu, Jungchen?»

«Du hast recht, das ist genial!»

Sie stößt ihren Schrei aus, küßt Juju auf die Nasenspitze, gießt sich fröhlich ein Glas Wein ein, steckt eine Zigarette an, setzt die Silberperücke auf und zieht im Bad ihre Arbeitsmontur an.

«Und wenn du wirklich viel Geld hättest, was würdest du dann tun?» fragt Juju aufgeregt.

«Ich weiß nicht ... Doch!» ruft Trickse hinter der Tür. «Ich würde mir ein kleines Restaurant kaufen, im Süden, bei Toulon! Vielleicht zwanzig Plätze, weißt du? Wenn du mehr Kies hättest, als du zählen könntest, was würdest du tun?»

«Gäb's da einen Garten bei deinem Restaurant?»

«Na klar! Da würde ich Küchenkräuter ziehen!»

«Also wenn ich viel Kies hätte und du den Garten, dann würde ich mir eine Concorde kaufen und in deinem Garten landen!»

«Da brauche ich aber einen großen Garten!»

Sie macht die Tür auf. Sie ist fertig.

«Und solange ... wartet der Randstein auf mich.»

*

Ein roter Mantel kommt an den Deux Magots vorbei. Juju rennt aus dem Café heraus, überholt den roten Mantel, es ist nicht Sheila, er kommt zurück und setzt sich wieder neben Trickse, entmutigt, sie sagt, rote Mäntel gibt's zu Dutzenden, zu Hunderten, Scheiße. Heute abend ruft sie in Mantes an, sie gibt sich als eine Freundin von Sheila aus, und vielleicht erfahren sie was Neues.

Sie holt von unter ihrem Bett ein rotes Telefon in Lippenform hervor und stöpselt den Apparat ein. Juju fragt sie, warum sie ihr Telefon versteckt, sie sagt, sie will nicht durchgenervt werden, wenn sie ein Telefon läuten hört, fährt es ihr in die Eingeweide, und die Titten fallen ihr ab. Mick weiß nichts von den Lippen unter ihrem Bett, braucht er auch nicht zu wissen, ist ein Geheimnis zwischen ihr und Juju.

«Guten Abend, Madame, entschuldigen Sie die Störung, könnte ich bitte Sheila sprechen? ... Eine Freundin ...»

Sie legt die Hand auf den Hörer und wendet sich leise an Juju.

«Ich habe das Gefühl, sie ist angeschickert!»

Sie redet wieder mit Isabelle.

«... ich bin Sophie ...»

Zu Juju:

«Sophie, der reine Horror!»

Zu Isabelle:

«... Nein, wir haben uns schon seit ein paar Monaten nicht mehr gesehen ...»

Zu Juju:

«Ich bin Klasse, was? Eine echte Dame von Welt!»

Zu Isabelle:

«... Verschwunden! Seit mehreren Tagen! Mein Gott! ... Der kleine Julien ebenfalls! Nein-nein-nein. Ja, natürlich halte ich Sie auf dem laufenden, wenn ... Ja ... Nein ... Sophie! ... Ja?»

Zu Juju:

«Pfff ... die plustert sich vielleicht auf, die Schnapsdrossel!»

Zu Isabelle:

«Natürlich ... Ja ... Nein, ich habe kein Telefon, ich rufe aus einer Telefonzelle an ... Ja, so gut wie schalldicht ... Genau ... Natürlich, ja ... Bye!»

Trickse legt erschöpft auf.

«Schluckt sie Tabletten zum Martini?»

Sie stöpselt die roten Lippen aus und schiebt sie unters Bett.

«Deine Schwester hat bei deiner Mutter angerufen, deine Mutter fragt sie, ob sie bei Maud ist, und sie sagt, nein, sie ist nicht bei Maud, deine Mutter will wissen, wo sie denn ist, und sie darauf, das geht sie nichts an. Dann ist Miss Martini zu Maud gegangen und hat sich überzeugt, daß ihr großes Mädchen nicht gelogen hat. Sie ist nicht bei Maud, da haben wir's!»

«Und über mich? Hat sie was über mich gesagt?»

«Sie hat die Bullen gerufen. Sie haben dein Foto und die Adresse von Maud und stellen die üblichen Nachforschungen an. Miss Martini ist unglaublich! Sie hat das alles in einem Rutsch erzählt, ohne Luft zu holen! Die redet wie gefurzt!»

Juju sitzt auf dem Bett und muß über Isabelle lachen, Miss-Martini-die-redet-wie-gefurzt, Trickse lacht noch lauter als er, läßt sich auf die Zebradecke fallen, setzt sich rittlings auf ihn und kitzelt ihn, er zappelt mit den Beinen, sie kitzelt ihn an den Rippen, an den Füßen, unter den Achseln, Juju kreischt, weint vor Lachen, aus den Freudentränen werden richtige Tränen, ein heftiges Schluchzen. «Was ist denn los, Jungchen?» wundert sich Trickse. Aber er weint so sehr, daß er nichts sagen kann. Sie streichelt liebevoll seinen Kopf und sagt ihm, er soll weinen, sich ausweinen. Er schnieft, hat sich beruhigt und kann zwischen zwei trockenen Schluchzern etwas sagen.

«Ich geh nicht mehr nach Saint-Germain, hat keinen Sinn mehr ... ich finde Sheila nie wieder ...»

«Dir läuft die Nase, komm, schneuz dich!»

«Es ist, als ob sie tot wäre, und sie glaubt sicher auch, ich bin tot ...»

«Du bist nicht tot, du bist nur im Moment nicht da. Vorsicht, du schneuzt dich ja in die Finger. Mach dir keine Sorgen. Ich rufe immer wieder bei Miss ... bei deiner Mutter an, sie weiß dann wieder was von deiner Schwester, und eines Tages weiß sie, wo sie steckt, und wir gehen sie besuchen. Recht so?»

Juju sagt nichts darauf. Jemand klopft an der Tür.

«Scheiße, der Alptraum meiner Eierstöcke!»

Sie steht auf und läßt Mick herein. Bevor er auch nur ein Wort sagen kann, zeigt Trickse mit dem Finger auf den Sessel.

«Setz dich auf deinen dreckigen Hintern und halt vor allem die Klappe!»

Er setzt sich, sie geht wieder zu Juju.

«Du hast mir nicht geantwortet, Jungchen. Soll ich lieber deine Mutter anrufen und ihr sagen, daß du hier bist, gesund und munter?»

«Nein, das will ich nicht! Wir machen es so, wie du gesagt hast.»

Sie drückt Juju und küßt ihn auf die Stirn, auf die Wangen, auf die Nase und auf den Mund. Mick schüttelt den Kopf, wundert sich.

«Das wird schon wieder, Jungchen. Verlaß dich auf Sophie.»

«Was spielt ihr für ein Spielchen? Kann man das erfahren?» fragt Mick.

«Du kratz dich mal, ich sag Bescheid, wenn's genug ist! Gut, Jungchen, halt dir eben den Kopf unters Wasser, ich mach mich fertig, und dann nehm ich dich mit zu Mc Donald's, bevor ich arbeiten geh.»

Juju unterm Wasserhahn, Trickse unter der Schminke.

«Ich bin fertig mit Kratzen, kann ich was sagen?» fragt Mick.

«Ja, aber mach's kurz.»

«Ich hab einen Job für Jungchen.»

«Was für einen Job?» fragt Trickse mißtrauisch.

«Ein bißchen Räumen in einem Lebensmittelladen, abends, und ein paar Kunden beliefern.»

«Liefern, abends?»

«Klar doch! Ist'n Araber!»

«Hast du gehört, Jungchen? Bist du einverstanden?»

«Einverstanden!»

«Du fängst morgen an», sagt Mick, «ich komm dich um acht abholen.»

Er wirft ihr kein Bömbchen auf den Frisiertisch, sondern eine Zigarette. Trickse schält das Papier ab, im Filter steckt ein kleines gerolltes Päckn. Sie bezahlt und sagt Mick, er soll verschwinden, sie hat ihn lang genug gesehen, heute abend, und Mick verschwindet, ohne sich zu verabschieden.

Sie gehen zu McDonald's, und zum ersten Mal hat Trickse dabei ihre Arbeitskluft an. Sie ist sehr stark geschminkt, und die Leute drehen sich nach ihr um, nach ihren hochhackigen Pumps, den schwarzen Strümpfen, nach dem Rock, der nur knapp über den Slip geht, nach ihrer silbernen Perücke. Als ihr drei Typen hinterherpfeifen, ist es Juju peinlich, Trickse nicht, sie zeigt ihnen die Faust.

Er legt seinen zarten Körper aufs Bett, dorthin, wo Trickse immer liegt und auf dem Kopfkissen unsichtbare Spuren hinterlassen hat. Sie drückt ihren künstlichen Körper gegen das Blech eines Autos. Die Duftspuren lassen Juju einschlummern, Trickse lauert auf dem Boulevard.

Sie kommt in der Morgendämmerung nach Hause und legt sich ohne einen Laut schlafen, um den Jungen nicht zu wecken. Er steht vormittags leise auf, damit der müde Körper ausruhen kann.

Juju läuft seine Stiefel auf dem Pflaster von Paris warm, um die Zeit bis zum Treffen mit Mick totzuschlagen. Er geht noch einmal den Weg ab, den er mit Trickse gegangen ist, an der Gare Saint-Lazare kauft er Blumen. «Bitte für hundert Francs, Madame», ein kleiner Strauß gelber und blauer Blumen, die Oper, die großen Boulevards, blasser Himmel, dunkelgraue Wolken, Boulevard Montmartre, hier müssen sie noch einmal zusammen hin, lauter Kinos, lauter Leute, Boulevard Bonne-Nouvelle, Leute biegen rechts ab, in eine schmale, schmutzige Straße, Klamottenläden und schon wieder Sex-Shops, auf dem Bürgersteig ordinäre Frauen, die vor dunklen Hauseingängen warten, die Männer zu sich winken, viele dieser Männer sind Touristen. Aus den grauen Wolken fängt es an zu nieseln, auf den Blumenstrauß, auf die Frauen, die für Geld zu haben sind, er hätte die Blumen nicht in Saint-Lazare kaufen sollen, hätte warten sollen, das Papier klebt an seinen Fingern. Er geht in die traurige Straße, Rue Saint-Denis steht auf einem blauen Schild, das an einer dreckigen Mauer hängt, plötzlich fängt sein Herz an wie wild zu schlagen. Und mitten im Gewimmel auf dem Bürgersteig begreift Juju plötzlich.

Er geht die Straße hoch, wieder auf den Boulevard und stürzt sich in die Metro, er fühlt sich nicht gut, ihm ist kalt, er ist sehr aufgeregt. Er rennt die Treppe in der Rue Lepic hoch, nimmt zwei Stufen auf einmal. Ganz außer Atem stellt er sich ans Fußende des Bettes, auf dem Trickse liegt, in einer Zeitschrift blättert und raucht.

«Du hast mich angelogen! Du arbeitest nicht in einer Discothek!»

Trickse legt die Zeitschrift weg, drückt die Zigarette aus, von dem Blumenstrauß in Jujus Hand tropft es ihm auf die Stiefel.

«Was erzählst du denn da, Jungchen?» fragt Trickse unsicher.

«Ich hab die Frauen in der Rue Saint-Denis gesehen ... du machst das gleiche wie sie ... das meinst du mit dem Randstein.»

Trickse setzt sich auf die Bettkante. Sie schaut ihre Fingernägel an und reibt sie sich an den Schenkeln blank.

«Regnet's draußen? Du bist klatschnaß!»

«...»

«Was soll ich denn anderes machen, Jungchen? In meinen Papieren steht Victorien, Geschlecht: männlich. Glaubst du, ich finde mit solchen Papieren einen Job?»

Sie fingert nervös herum, ihre Hände verschränken sich ineinander.

«Stell dir mal vor, ich suche Arbeit! Guten Tag, mein Name ist Trickse, ich bin keine richtige Frau, Maschineschreiben kann ich nicht, ich hab noch nie einen Backstein angefaßt, geschweige denn eine Schubkarre, und ich hab panische Angst, daß mir ein Nagel abbricht ...»

Sie sagt nichts mehr. Juju geht zu ihr hin und legt ihr den Blumenstrauß auf die Knie.

«Für mich?» sagt Trickse gerührt.

«Sie sind ein bißchen naß geworden ...»

«Das ist das erste Mal, daß mir ein Mann Blumen mitbringt ...»

Sie riecht an den Blumen, zieht Juju zu sich heran und küßt ihn auf die Lippen, ganz kurz. Sie fährt ihm mit den Fingern durch die nassen Haare.

«Schämst du dich für mich, Jungchen?»

«Nein, natürlich nicht! Aber das ist kein schöner Beruf.»

«Das stimmt, aber ich hab keine andere Wahl. Und ich

mach das nicht mein Leben lang. Weißt du, ich lege Geld auf die Seite, und eines Tages, wer weiß, das Café im Süden … Das ist nicht unbedingt nur ein Traum, Jungchen.»

Der «Alptraum der Eierstöcke» kommt und zerstört den schönen Traum. Er will Juju abholen. Trickse stellt den gelb-blauen Strauß in ein Bierglas und fragt Mick: Wo ist der Laden? An wen muß er ausliefern? Wieviel Stunden Arbeit? Der Laden ist in der Rue de la Goutte-d'Or, die Lieferungen gehen an die Ladenkunden, keine Ahnung wie lange, er soll auch im Laden aufräumen. Besorgt rät ihm Trickse: Er soll gleich das Geld verlangen, wenn er geht, er soll die letzte Metro nicht verpassen und sich vor komischen Kunden in acht nehmen … und auch vor dem Lebensmittelhändler soll er sich in acht nehmen! Und was Mick betrifft, wenn Juju irgend etwas zustößt, schlägt sie ihm den Schädel ein, die Fresse auch, und sie läßt ihn auf dem Pflaster verrecken.

«Viel Glück, Jungchen! Und komm nicht so spät nach Hause!»

«Du auch nicht!»

«Bist du mir böse, weil ich dich angelogen habe?»

«Nein, ich hab schon verstanden!»

Auf der Treppe stellt Mick die Fragen:

«Wieso hat sie dich angelogen? Und was hast du verstanden, hmm?»

«Nichts. Das ist eine Geheimsprache zwischen uns.»

«Hör mal, kleiner Hohlkopf, ich …»

Mick gibt auf. Juju hat sich verändert. Sein Blick, seine Gesten, seine Stimme haben sich verändert, er ist nicht mehr der Pilot von Orly, und das bringt Mick durcheinander.

VI

PLACE BLANCHE –
BOULEVARD SAINT-MARTIN –
PLACE BLANCHE

Sie sind unter der Erde, Paris über ihren Köpfen. Juju redet mit Mick wie Trickse, ohne ihn anzusehen.

«Wieso steigen wir denn um? Nach Barbès geht's doch direkt.»

«Weil wir nicht nach Barbès fahren», antwortet der Alptraum-der-Eierstöcke.

«Und wohin dann?»

«Strasbourg-Saint-Denis.»

«Da, wo die Mädchen sind?»

«Du meinst die Nutten?»

«Und warum fahren wir dahin, und nicht nach Barbès?»

«Hör mal gut zu, Jungchen! Willst du immer noch bei Trickse bleiben?»

«Natürlich.»

«Dann brauchst du Knete! Sie arbeitet hart, um sich ihr Geld zu verdienen.»

«Ich weiß. Ich weiß, wie sie ihr Geld verdient.»

«Hat sie dir das gesagt?»

«Ich hab's erraten.»

Das löst ein fieses Kratzen zwischen Micks Beinen aus. Juju wartet, bis er sich beruhigt.

«Und, was ist jetzt mit der Knete?»

«Also. Das mit dem Lebensmittelhändler ist Scheiße. Der gibt dir fünfzig Mäuse dafür, daß du seine Konservendosen stapelst, und was willste mit fünfzig Mäusen? Kannste dir was zu essen und 'ne Cola für kaufen. Bei mir kannst du dir goldene Eier verdienen!»

«Und was muß ich machen, wenn ich mir goldene Eier verdienen will?»

«Nix Kompliziertes.»

Mick zieht eine Schachtel Marlboro aus seiner Tasche und hält sie Juju unter die Nase.

«Du verkaufst Kippen! Das Stück zu dreihundert.»

Juju reißt die Augen auf.

«Willst du mich verarschen?»

Mick wedelt mit der Schachtel herum.

«Ich verkaufe dreißig am Abend, manchmal mehr, und das jeden Abend! Ich geb dir dreißig pro Kippe, kannste rechnen? Dreißig mal dreißig macht neunhundert! Du verdienst neunhundert am Tag! Das sind fast dreißig Tausender im Monat! Kannste dir das vorstellen»»

Juju starrt die Schachtel an, dann Mick, dann wieder die Schachtel.

«Und ... was ist da drin, in den Zigaretten?»

«Hör mal zu, Pimmelkopf. Du und Trickse, ihr habt doch sicher Pläne? Du willst ihr doch was bieten können, oder? Hat sie dir von ihrer Kneipe im Süden erzählt?»

«Ja. Sie hat gesagt, das wär nicht nur ein Traum.»

«Na siehst du! Und du willst doch nicht, daß sie weiter ...»

«Das will ich nicht!»

«Dann stell keine Fragen!»

Juju überlegt ein paar Sekunden.

«Und warum verkaufst du sie nicht selbst?»

«Ähm ... Ein Dreizehnjähriger, das ist unauffälliger, da kommt keiner drauf.»

«Und wie soll ich die Zigaretten verkaufen?»

«Erklär ich dir.»

Station Strasbourg-Saint-Denis. Boulevard Saint-Martin, Richtung Place de la République, linker Bürgersteig, Juju soll langsam vom Théâtre de la Porte-Saint-Martin in Richtung République gehen, ungefähr hundert Meter, dann zurück zum Theater und das ganze wieder von vorn, hin und her, die Typen und die Tussen fragen ihn nach einer Kippe, er holt sie raus, aber nie die Schachtel, die bleibt in seiner Tasche, der Typ oder die Tusse steckt ihm unauffällig die dreihundert Zackn zu, und er muß genauso unauffällig checken, ob das Geld stimmt, dann gibt er die Kippe raus, Mick wartet in dem Café weiter unten, und wenn die Schachtel leer ist, geht Juju ins Café, und Mick gibt ihm neue Kippen, und kein Kredit, die Kippe kostet dreihundert Zackn und nicht zweihundertneunzig, und wenn's ein Problem gibt, Mick sieht vom Café aus alles. Heute abend begleitet er Juju, stellt ihm die Kunden vor, und morgen soll Juju allein klarkommen. Und kein Wort zu Trickse, für sie arbeitet er bei einem Lebensmittelhändler in der Rue de la Goutte-d'Or, der gibt ihm fünfzig Francs, den Rest von der Knete bunkert Juju, er soll schwören, daß er Trickse nichts sagt.

«Goldene Eier, das versprech ich dir!»

«O.k., ich schwör's.»

Mick hält Juju die Hand hin.

«Schlag ein!»

Juju schlägt ein.

«Spuck!»

Juju spuckt auf die Hand.

«Ich glaub's nicht ...», jammert Mick und wischt sich die Hand an seinem schwarzen Mantel ab.

Achtundzwanzig Zigaretten in zwei Stunden, abgedrehte Typen und Tussen, dreckig und zahnlos, unruhig, aggressiv oder überfreundlich, und achtundzwanzigmal der gleiche Satz: Das ist Juju, mein Cousin, der bedient euch morgen.

In dem Zimmer ohne Trickse breitet er das zerknitterte Papiergeld auf dem weißen Teppich aus. Er rechnet und rechnet noch mal nach: achtundzwanzig mal dreißig sind achthundertvierzig. Er macht ein Häufchen mit den Zwanziger-Scheinen, eins mit den Fünfziger-Scheinen, eins mit den Hunderter-Scheinen, Kopf auf Kopf. Auf den Knien betrachtet er die Scheine, von zahllosen Visagen hat er sie bekommen, unsauberes Geld gegen unsaubere Zigaretten, Shit, da ist er sich sicher, Shit, wie seine Kumpel in der Schule das nennen und sich die Joints drehen, die er nie rauchen wollte, weil es schlecht ist, diesen Mist zu rauchen, Sheila hat oft zu ihm gesagt: «Wenn ich dich erwische, daß du diesen Mist rauchst, setzt es was!» Er legt die drei Stapel zusammen. Jetzt verkauft er diesen Mist, und das macht ihm große Angst, dreckiger Shit, dreckiges Geheimnis zwischen Mick und ihm. Er sieht sich im Zimmer um, es ist trist, die Blumen sind schon verblüht. Er streicht zärtlich über die Scheine, und ganz langsam werden die Nachttischlampen zu Palmen, aus dem Bett wird ein Haus mit weißem Putz und Fensterläden in der Farbe des Mittelmeers, das unten gegen die Mauer plätschert, es ist heiß, die Sonne brennt ihnen auf die Haut, auf seine und auf die von Trickse, denn aus dem Blumenstrauß ist Trickse geworden, nackte Schultern, weißes Sommerkleid, bedruckt mit gelben und blauen Blumen, auf ein Schild sind rote Buchstaben gemalt: «Café Restaurant BEI TRICKSE». Die Angst verschwindet, das Zimmer ist nicht mehr so trist, er versteckt das Geld in der Innentasche seiner Jacke, er hat geschworen und gespuckt. Er faßt das Geld nicht an, das wird gespart, und eines Tages macht er daraus ein großes Überraschungspaket für Trickse.

Die wild gewordenen Flugzeuge wecken Juju auf, sie kreisen am Ende ihrer unsichtbaren Fäden und machen einen Höllenlärm, Juju springt aus seinem Bett, es ist Morgen, doch draußen ist Nacht, im Wohnzimmer sitzen Isabelle und Sheila, regungslos, ihre Haut ist wie aus Wachs, ihre Augen tote Glotzer in vielen Farben, Juju läuft durch die verlassenen Straßen von Mantes, der Tag bricht an, er ist allein, in einem rollenden Waggon, der gleiche Lärm wie der von den Flugzeugen, er kommt durch eine sandige Landschaft mit Bäumen, an den Ästen schwarze Krallen, der Himmel ocker und ohne Sonne, eine baumlose Weite. Armand aufrecht, die Arme gekreuzt, er ist nackt, ohne Geschlecht zwischen den Beinen, Juju läuft auf der unterbrochenen weißen Linie einer doppelspurigen Autobahn, auf der kein Auto fährt, jetzt ist schönes Wetter, der Himmel ist fast weiß, längs der Autobahn, wie Kilometersteine: Micks in schwarzen Mänteln, die ihm Marlboros anbieten, ihre Lippen bewegen sich, doch kein Ton dringt aus ihren zahlosen Mündern, und trotzdem versteht Juju: die Münder sagen, er soll rauchen, das ist kein Tabak, das sind Geldscheine, sie sind schmutzig, doch das Feuer wird sie reinigen. Juju rennt, am Ende der Autobahn das riesige Meer, braunes Wasser, er ist im Wasser, er ertrinkt, Trickse heult, sie steht am Rand eines Quais, ist angezogen wie zur Arbeit, sie fleht, man soll Juju retten, er kann nicht schwimmen, sie verschwindet, dann wieder die Micks, sie lachen und rauchen, der weiße Rauch wird gelb, dann wie die Farbe des Meers, dann schwarz, Juju geht unter, er stößt einen Schrei aus. Er liegt in Trickses Armen, er weint.

«Alles in Ordnung, Jungchen, alles in Ordnung. Du hast einen Alptraum gehabt.»

Sie wiegt den Körper des Jungen, wischt ihm die Schweißperlen von der Stirn. Juju schläft wieder ein.

Er geht ohne Lärm zu machen, streift durch Paris, seine Gedanken noch versunken im braunen Wasser seines Traums. Ein weibischer Engel reckt ihm seinen vergoldeten Hintern entgegen, hoch oben auf einer Säule, Place de la Bastille, alte Häuser, gewisse Hotels in der Ecke vom Marais, Rue des Rosiers. Juju kauft sich einen Falafel, in der Rue de Rivoli ertappt er sich dabei, wie ihm die Männer auffallen, wie er sie taxiert, zuerst lacht er hinter vorgehaltener Hand, und dann schämt er sich, ein Junge, der einem Jungen nachschaut, was für eine blödsinnige Vorstellung, ein Junge muß einem Mädchen nachschauen, also sucht er in der Menge große, brünette Mädchen mit kurzen Haaren, sie müssen Trickse ähnlich sehen. Noch so eine bescheuerte Idee, niemand kann Trickse ähnlich sehen. Ohne sich weiter umzusehen, geht er kreuz und quer bis zur Rue Lepic.

Trickse geht es nicht gut, Schmerzen im Bauch, in den Beinen, grauer Brei im Kopf, auf dem Frisiertisch Medikamente vom Mann mit den alten Lippen. Sie lächelt dem Jungen trotzdem zu. Und sein Alptraum? Der Junge will nicht erzählen, er kann nicht, wegen der Marlboros, also sagt er, er kann sich kaum noch erinnern, nur noch an einen dunklen Ozean, in dem er ertrunken ist. Und sein Job, gefällt ihm der? Ja, es geht. Sie fragt ihn mit unschuldiger Miene und bereitet dabei ihr Gesicht für die nächtliche Maske vor. Wo ist denn der Laden? In einer kleinen Straße oder am Boulevard? Wieviel hat der Händler ihm gegeben? Was muß er tun? Es war doch nicht zu schwer? Für wen und wohin die Lieferungen? Er antwortet mit Unschuldsmiene und blättert dabei in seinen Zeitschriften. In einer kleinen Straße ist der Laden. Sechzig Francs hat ihm der Händler gegeben. Konservendosen stapeln und fegen. Nein, es geht, es ist nicht zu schwer. Keine Lieferung gestern.

*

Sie schleppt ihre müden Hormone auf den Boulevard der «Falschen», diese Nacht kommt ein Stammkunde, in einem schäbigen Hotel peitscht sie ihn aus, bis er blutet.

Er schleppt seine Träume auf den Zigaretten-Boulevard, unter den Augen von Mick, der gegenüber in einem Straßencafé sitzt. Träume unter Aufsicht.

Keimfreie Nacht, unter den weißen Laken in einem Krankenhauszimmer geht Goldmira dem Ende entgegen.

Der ausgepeitschte Typ bringt Trickse zurück. Auf der Straße kotzt sie dann vielleicht.

Zweiunddreißig Marlboro. Juju macht kleine Stapel auf dem Teppich und schläft ein. Um 3 Uhr 47 schickt die entmachtete Königin ihren letzten Atemzug in die keimfreie Nacht. Sechs Kunden nach der Peitschentortur, Trickse säubert jeden Zentimeter ihres Körpers, ihres Zahnfleischs, ihres Gaumens, ihres Schließmuskels. Gewöhnliche Nacht.

*

Verkleidet, in einem dunkelgrauen Herrenanzug, Krawatte, schwarzer Filzhut in die Stirn gezogen, den Busen in ein weißes Hemd gezwängt, folgt sie Juju in die Metroschächte. Sie ist müde, konnte nicht schlafen, nachdem sie das Bündel Geldscheine in der Jacke des Jungen gefunden hat. Zufällig. Normalerweise legt er seine Jacke auf den Sessel, aber heute morgen hängt sie über dem Stuhl, vor dem Frisiertisch. Der Junge schläft, sie will ein Tuch über die Nachttischlampe legen, um das Licht zu dämpfen, das auf das schlafende Gesicht fällt, sie setzt sich leise auf den Stuhl und will ihn näher an den Frisiertisch ziehen, sie faßt mit der Hand in die Fliegerjacke. Zufällig. Da macht es bei ihr klick, ein Bild drängt sich auf, sie will es vertreiben, aber das Bild ist wie ein Film ohne Ende, sie fällt in ein schwarzes Loch, in den dunklen Ozean des üblen Traums, sie nimmt ihren Kopf zwischen die Hände und murmelt: «Beruhig dich, vielleicht stimmt es ja nicht. Ruhig ... denk nach, vielleicht ...» So bleibt sie, bis der Junge aufwacht, mit ihren vielen «Vielleicht» im Kopf, von denen kein einziges stimmt. Juju wundert sich, daß sie nicht schläft, sie sagt, sie legt sich hin, wenn er weg ist. Kein Ton von dem Geld, sie fragt nur, wo er heute spazierengeht, er sagt, Beaubourg, die Hallen, sie gibt ihm hundert Francs. «Was dir dein Lebensmittelhändler zahlt, reicht nicht.» Er will es nicht nehmen, aber sie besteht darauf ... Boulevard Saint-Martin, sie ist direkt hinter Juju, so nah, daß sie ihn berühren könnte. Als sie ihn ins Café gehen sieht, er sich zu Mick setzt und unauffällig die Schachtel Marlboro einsteckt, fängt sie an zu zittern und faßt sich mit der Hand ans Herz, um die unregelmäßigen Schläge zu dämpfen.

Sie versteckt ihre männliche Fassade in der Ecke einer Doppeltür und schaut Juju nach, er geht auf dem Boulevard hin
und her. Bei der ersten abgewrackten Gestalt, die ihn anredet,
bei den ersten Handgriffen schießen ihr die Tränen in die
Augen.

Als er zurückkommt, hat sie sich hingelegt, sie hat die Augen
geschlossen, man könnte meinen, sie schläft, aber sie schläft
nicht, sie tut nur so. Nach einer Weile wundert sich Juju,
warum sie nicht zur Arbeit ist, sicher ist sie müde. Im Bad
macht er sein Bündel wieder etwas dicker, dann legt er sich ins
Bett, schmiegt sich an den künstlichen Körper, der zu schlafen
scheint.

Sie steht früh auf, lange vor ihm, zieht das Chanel-Kostüm an,
schwarze Strümpfe und schwarze Lacklederpumps, über ihre
Hände streift sie Handschuhe aus schwarzem Pekarileder.
Die dunklen Finger kritzeln ein paar Worte auf ein Blatt
blaues Papier. Ihr Blick ruht lange auf dem Jungen, er atmet
langsam und gleichmäßig, zu lange, sie muß wieder loshculen,
raus auf die Treppe, um zu schluchzen, sie muß raus, um
durchzuatmen, sonst platzen ihr die Lungen.

Kein Ozean, kein Mick auf der Autobahn, sondern tiefer
Schlaf, kurze Leere, beim Aufwachen ein paar handgeschrie-
bene Zeilen:

Mein Jungchen,
    muß etwas Wichtiges besorgen. Warst Du schon im Jardin
du Luxembourg spazieren? Geh hin, dort gibt es ein großes
Bassin, man kann Segelboote fahren lassen, leih Dir eins, ich
glaub, es wird schönes Wetter.
    Ich liebe Dich.

Deine Trickse

Trickses langer Körper taucht aus der Metrostation Cité auf, ihre zu groß geratenen Füße überqueren den Boulevard du Palais, laufen links an dem düsteren Justizpalast entlang, und am Ende des dunklen Gebäudes biegen sie nach rechts ab, auf den Quai des Orfèvres.

Juju schiebt das blaue «Ich liebe Dich» zwischen die dreckigen Scheine.

Er sitzt auf dem Rand des Bassins und stößt ein langes weißes Segelboot an.

VII

PORTE SAINT-MARTIN – CITÉ

Sie sitzt vor ihrem Frisiertisch, ihre Finger zittern, die Zigarette zwischen den Fingern, ihre Lippen und das Glas Rotwein, an dem sie nippt. Sie dreht Juju den Rücken zu, er sieht nicht, wie sie zittert, er fragt, ob das stimmt, daß sie ihn liebt, sie sagt, er stellt komische Fragen, aber sicher liebt sie ihn, ihre Stimme ist halb erstickt. Aber wie liebt sie ihn? fragt Juju schelmisch. Sie fühlt etwas Starkes für ihn, reicht das? Was heißt das, stark? Wie türkischer Kaffee. Wie ist der, türkischer Kaffee? Ganz dick, man muß ihn trinken und gleichzeitig kauen. Juju beschließt, daß ihm das reicht, er ist zufrieden, er schlüpft in seine Jacke mit Bewegungen wie ein richtiger Mann und sagt, er geht arbeiten. Trickse sagt nichts, er fragt, warum sie nichts sagt, warum sie ihm nicht auf Wiedersehn sagt, sie dreht sich um, und aus ihrem rechten Auge kullern Tränen, sie sagt, das wäre der Zigarettenrauch, sie küßt Juju auf die Stirn und sagt: «Geh, schnell!» Juju geht schnell, auf seiner Stirn die Spur von einem Lippenpaar.

Sie kommen bei der dritten Zigarette, sie sind zu viert, Juju kennt sie nicht, der eine Typ um die Fünfzig, bullig und mit einer Narbe auf der Backe, ein Araber, noch ein Araber mit langen Haaren und einem schmalen Gesicht, er ist sehr viel jünger als der erste, in Micks Alter, eine ordinäre, dürre Frau mit gebleichten Haaren, keine Araberin, begleitet die beiden. Der Typ mit den langen Haaren geht ins Café, der mit der Narbe und die Blondierte warten auf dem Boulevard. Er setzt sich an Micks Tisch, Mick schreckt auf, seine Haut sieht blaß und alt aus, er lächelt, komisches Lächeln, der Araber redet, er bewegt die Lippen, verzieht aber keine Miene, er sieht Mick nicht an, der gestikuliert, mit den Händen in die verrauchte Luft des Lokals greift. Juju versucht zu verstehen. Irgendwas läuft schief, noch nie hat er eine solche Angst auf Micks Gesicht gesehen. Der Araber steht auf, Mick bleibt sitzen, sein Gesicht löst sich in Panik auf, der Araber beugt sich über ihn und sieht ihm fest in die blassen Augen. Langsam und mit einem Lächeln packt er den Kragen des schwarzen Mantels, und Mick steht auf. Sie verlassen das Café.

Die beiden Araber und die Blondierte kreisen ihn ein. Sein dumpfer, erbärmlicher Blick sucht die andere Straßenseite ab, er klammert sich an Juju. Der Junge sieht die Augen nicht, sieht nur, daß der Kopf sich nervös bewegt, um ein «Nein» zu sagen, das er nicht versteht. Wie Spaziergänger gehen sie den Boulevard Saint-Martin hoch, immer weiter weg von Strasbourg-Saint-Denis, der hellerleuchteten Nacht, Juju wird zum Schatten und geht auf ihrer Höhe, die Nacht wird ein wenig stiller, und Mick klammert sich wieder an den Jungen, und diesmal sieht Juju die Augen, und das macht ihn fertig, er glaubt, die Augen weinen zu sehen, er glaubt, sie schreien zu hören. Vergiß die Zigaretten! Juju überquert den Boulevard.

Er folgt der Frau und den drei Männern, Mick bewegt sich unruhig, er scheint zu reden, aber Juju versteht ihn nicht, er ist zu weit hinter ihnen. Eine kleine Straße auf der rechten Seite, Juju läuft, um die Gruppe nicht zu verlieren. Jetzt ist die Nacht verstummt. Noch einmal rechts, dann links, Labyrinth der Nacht, Juju hat Angst, Sackgasse ohne Licht, Häuser mit zugemauerten Fenstern, Juju unsichtbar, ein paar Meter von der regungslosen Gruppe entfernt. Fetzen von Mondlicht auf einer farblosen Strähne, auf der Narbe, auf dem abgegriffenen Leder von Micks Hosenlatz, Juju friert. Aus der Sackgasse eine träge, heisere Stimme, die Stimme von Narbe.

«Hast du gemeint, du kannst Djamel bescheißen, du Drecksau?»

Juju schaudert es, Mick hebt seine Hände wie ein Mohammedaner beim Gebet.

«Aber ich sag dir doch, Djamel, ich wollte dich nicht bescheißen ... Glaub mir, grad heut abend wollte ich bei dir vorbeikommen, um's dir zu erklären ...»

«Mir was zu erklären, du Ratte? Mir erklären, daß du mich um dreißig Gramm Stoff beschissen hast?»

Die Stimme ist ruhig, gelassen, Mick legt seine Hände zusammen wie ein Christ beim Gebet.

«Ich schwör's dir, Djamel, ich wollte dich nicht übers Ohr hauen! Ich hab Ärger gehabt ...»

«Her mit dem Stoff.»

«Aber ich hab ihn nicht, Djamel! Ich hab fast alles verkauft!»

«Dann her mit dem Geld.»

«Also ... Morgen, ich versprech's dir! Morgen bekommst du das Geld! Ich hab es nicht bei mir, du verstehst doch, daß ich nicht den ganzen Kies mit mir rumschleppen kann!»

«Weißt du, was du bist?»

Mick fängt an zu schluchzen. Er geht auf Djamel zu, Arme ausgebreitet, Körper gekrümmt, Narbe weicht einen Schritt zurück. «Djamel ... ich bitte dich ...»

«Du bist nichts. Dich gibt es gar nicht.»

Narbe wendet sich dem Araber mit den langen Haaren zu, ein Zeichen mit dem Kopf, Schattenspiel, Fetzen von Mondlicht auf der Faust des Langhaarigen, silberne Blitze aus der Faust, ein Messer. Der silberne Blitz in Micks Bauch. Kurzer, erstaunter Schrei, dreimal stößt der Langhaarige das Messer in Micks schlaksigen Körper, er schwankt und sackt lautlos zusammen. Dunkler Fleck. Dreimal hat Jujus Hand sich auf der Brust verkrampft. Djamel spuckt auf den Fleck, der Langhaarige spuckt auch, und dann die blondierte Frau. Sie gehen, wie sie gekommen sind: als Spaziergänger. Jujus zitternde Beine können ihn nicht mehr tragen, er bricht zusammen, vor der Nacht, die ihn unsichtbar machte. Er kotzt.

Juju geht nicht in die Sackgasse, er sieht nicht nach, er flieht, läuft schnell durch die Straßen ohne Leben, die Angst wühlt in seinen Eingeweiden, sein Körper ist eiskalt, der Langhaarige ist überall. Den Boulevard erreichen.

Helle Nacht, die wieder spricht, der Langhaarige verschwindet, Mick tritt an seine Stelle, unscharf, doch lebendig, Bruchstücke eines Lebens. Die Metro, das Betteln, Orly, die kratzenden Finger, Stücke von lebendem Fleisch.

Juju auf seinem Abschnitt des Boulevards. Er weiß nicht, warum er da ist, die abgewrackten Gestalten warten, umzingeln Juju, drängen sich um den Jungen.

«Wir hamm gedacht, du hast dich schnappen lassen!»

«Gib mir schnell was, beeil dich!»

«Verfurzt noch mal, du bist ja ganz blaß!»

Verstört teilt er seine Zigaretten aus, steckt die Scheine ein, ohne nachzuzählen, die Typen bedrängen ihn, drei Kippen werden zerdrückt, einer verschwindet, ohne zu zahlen.

Er ist allein auf dem Boulevard. «Beweg dich, bleib nicht stehen», hat Mick zu ihm gesagt, aber er kann nicht gehen, er ist wie festgeklebt, angewurzelt, Patchwork in seinem Kopf, ein schwarzer Mantel, ein Chanel-Kostüm …

«Hast du noch was für mich? Ich will zwei», sagt ein junger Typ in Jeans Turnschuhen grünem Parka, zerzaustes schwarzes Haar. Juju zieht zwei Marlboro aus der zerdrückten Schachtel und läßt sie auf den Asphalt fallen. Der Typ im Parka hebt sie in aller Ruhe auf.

«Sechshundert, stimmt doch?»

«Stimmt …», murmelt Juju.

Der Mann kramt in seinem Parka. In seinen Fingern eine kleine Brieftasche, die er aufmacht. Auf der einen Seite der Brieftasche ein Ausweis mit roten und blauen Balken, auf der anderen Seite eine Plakette aus vergoldetem Metall. Er zeigt Juju den Ausweis und die Plakette.

«Polizei. Du mußt jetzt mit mir kommen, Julien», sagt der Mann mit sanfter Stimme. «Gib mir die Zigaretten.»

Ein Schmerz zwischen seinen Rippen, er fährt ihm in die Eingeweide, die Schließmuskeln werden schlaff, Juju spannt die Backen an, damit er nicht in die Hose macht. Er dreht den Kopf, er ist umzingelt, er hat sie nicht kommen sehen, fünf stehen um ihn herum, seine Beine fangen wieder an zu zittern. Er gibt dem Mann die Schachtel Marlboro.

«Du hast uns warten lassen, Juju, wo warst du?» fragt der Polizist im Parka.

Juju antwortet nicht, unmöglich. Er schüttelt den Kopf. Rauschen eines Walkie-talkies.

«Wir können diesen Mistkerl nicht finden», sagt einer der fünf Männer.

Juju hört nicht mehr, was die Männer sagen. Ein weißes Auto mit Blaulicht fährt langsamer und hält am Bürgersteig, der Mann im Parka und ein anderer Polizist bringen den Jungen zum Auto und nehmen ihn zwischen sich auf den Rücksitz. Das Auto fährt los, und in Jujus Kopf kein Bild mehr, nur ein Name: Trickse.

Quai des Orfèvres Nr. 36. Sie verschwinden in einer Einfahrt, ein düsterer Tunnel, am Ende ein Innenhof, vollgeparkt mit Autos, Motorrädern, sie gehen links rein und laufen die Treppe hoch, zwei Stufen auf einmal, alter, grauer Linoleumboden, sie kommen ins Dachgeschoß, Büro an Büro.

In dem Zimmer drei Schreibtische, voll mit Papierkram, Schreibmaschinen, Telefonapparaten, an einer Wand mit zwei schmalen Fenstern hängen die Walkie-talkies untereinander. Es riecht nach Zigaretten, Männern, ein düsterer Ort, man sieht nichts durch die Fenster, schwarze Rechtecke. Juju schwitzt, er ist allein mit dem Mann im Parka, der seine Knarre ablegt und in die Schublade seines grauen Metallschreibtischs einschließt. Er setzt sich, legt die Unterarme auf das graue Metall, die Hände ineinander und sagt Juju, er soll sich da hinsetzen, ihm gegenüber. Juju setzt sich, stocksteif, die Hände flach auf den Knien, sein Blick geht auf den abgenutzten Boden. Der Polizist fängt an zu reden, seine Stimme ist immer noch sanft.

«Ich heiße Gilles, man nennt mich auch Pudel, wegen meiner Haare, siehst du? Ich kämm sie schon lange nicht mehr.»

Juju wirft einen Blick auf seine Mähne, die Haare von dem Bullen interessieren ihn nicht.

«Gut. Wir wissen über alles Bescheid, Julien. Daß du abgehauen bist, über Trickse, Mick und den ganzen Rest. Aber ich möchte, daß *du* mir das alles erzählst. Wußtest du, was in den Zigaretten ist?»

«Wie kommt es, daß ... daß Sie wissen ...»

«Das ist unser Job. Und? Die Zigaretten?»

Juju ist nicht mehr stocksteif, er windet sich, seine Handflächen werden feucht, er wischt sie an der Jeans ab.

«Ähm ... Das heißt ... Einen Moment hab ich gedacht, das ist Shit.»

«Schau mich an, Julien.»

Juju zögert, schaut auf seine linke Hand, wieder zum Boden und hebt langsam den Blick. Er schaut Pudel an.

«Heroin. In den Zigaretten, die du verkauft hast, war Heroin, Julien.»

Trickse und ihre Schmerzen innen drin! Die Bömbchen auf dem Frisiertisch, der Djamel, von dem Trickse und Mick geredet haben, und der Djamel mit der Narbe in der Sackgasse! Es sticht ihn wieder in der Seite, kalter Schweiß auf seiner Stirn.

Pudel zieht die Schachtel Marlboro aus seinem Parka. Er bricht einen Filter ab, holt das kleine gerollte Briefchen heraus und streut ein braunes Puder auf das graue Metall. Er sagt nichts. Juju faßt langsam in seine Jacke. Er legt das Bündel schmuddelige Geldscheine auf den Schreibtisch. Pudel faßt es nicht an. Er legt wieder seine Hände ineinander, Juju rührt sich nicht.

«Und Mick? Hast du eine Ahnung, wo der Kerl steckt?»

«Ich glaub, er ist tot ...»

«Tot?»

Juju redet sich stockend alles von der Seele, erzählt von dem Café, dem Araber mit den langen Haaren, Djamel mit der Narbe, der blondierten Frau, dem Spaziergang, der Sackgasse, dem silbrigen Aufblitzen.

«Scheiße!» schreit Pudel.

Er nimmt den Telefonhörer ab. Seine Stimme ist nicht mehr sanft.

«Hallo Zentrale? Hier Pud... Grazioti von der Drogenfahndung. Habt ihr einen Typ, erstochen, zwischen République und Saint-Martin, Hautfarbe weiß, groß, Haare kastanienbraun, schwarzer Mantel, schwarze Lederhose, so um die fünfundzwanzig? ... O.k., ich warte.»

Pudel wartet. Juju schaut auf sein Geld, läßt die Schultern hängen, sinkt in sich zusammen. Juju ist keine dreizehn mehr.

«Ja, hallo ... O.k., danke.»

Mit einem Satz steht Pudel auf. Er steckt seine Knarre wieder ein und streicht die Schachtel Kippen und das Geld mit der Handkante in die offene Schublade.

«Julien, du kommst mit mir!»

Streifenwagen mit Blaulicht, die Sirene heult durch die Nacht.

Einsatzwagen, Sonderkommando, in der Sackgasse vier Leute in Zivil mit einer roten Binde am linken Arm und der Aufschrift «Polizei» darauf. Sie haben eine Decke über den dunklen Fleck geworfen, einer mit Binde macht Fotos von der Sackgasse, ein anderer mißt etwas aus, Pudel stellt sich einem Zivilbullen vor, hält ihm seine Brieftasche hin.

«Grazioti, Drogenfahndung. Könnten Sie das Gesicht aufdecken?»

Der Zivile beugt sich hinunter und zieht die Decke ein Stück weg. Auf der Stirn und auf der stoppeligen Backe kleben ein paar fettige Haarsträhnen, die Augen sind halb geschlossen, bleiches Gesicht, der Mund weit offen, der Kiefer blockiert im letzten Lebenshauch.

«Ist er das?» fragt Pudel Juju.

Der Schmerz ist gar nicht so groß, seine Beine tragen ihn, der Mund steht ihm halb offen, aufgerissene Augen. Der erste Tote, den er sieht ... «Eines Tages willst du auch einen umlegen», hat Mick gesagt, Juju erinnert sich genau, sie kamen aus der Metro, Mick war sehr wütend ...

Pudel schüttelt Juju sachte.

«Julien ... ist das Mick?»

Julien antwortet nicht.

«Ist gut», sagt Pudel zu dem Zivilen, der den Zipfel der Decke sinken läßt.

Pudel steuert das Polizeiauto, er fährt zu schnell. Juju auf dem Todessitz. Sie reden nicht, der Junge hat Angst, wird panisch.

«Was machen Sie jetzt mit mir?»

Pudel schaut ihn an und lächelt.

«Beruhige dich. Du hast ihn ja nicht umgebracht, oder? Dann hast du nichts zu befürchten. Bleibt nur noch die Sache mit den Zigaretten ...»

Pudel gibt ihm einen Klaps aufs Knie.

«Na komm, das wird schon werden, bist ja nicht Al Capone.»

Im Büro unter dem Dach zieht Pudel den Parka aus, räumt seine Knarre in die Schublade und zündet sich eine Zigarette an. Juju zieht auch die Jacke aus. Er trinkt eine Cola, die ihm der Polizist angeboten hat. Der hat die Finger auf einer Schreibmaschine.

Er stellt Fragen, Juju antwortet, die Finger tippen:

«... ja, ich habe Mick wiedererkannt ... ich weiß seinen Nachnamen nicht ... Boulevard Saint-Martin ... obengenannter Mick hat ... Djamel ... er hat eine Narbe auf der rechten

Wange … Rue Lepic … besagte Trickse … den Nachnamen weiß ich nicht …»

Juju soll die Geschichte von hinten nach vorn erzählen, er erinnert sich kaum. Das ist so lange her …

«… im Zug nach Paris … Mantes-la-Jolie …» Die Erinnerung an früher verblaßt. Schuhschachtel.

Pudel hält Juju einen Kugelschreiber hin.

«Unterschreib da unten.»

Juju setzt den Kugelschreiber auf das mit Maschine beschriebene Blatt.

«Und Trickse?»

«Was Trickse?»

«Ich will Trickse sehen!» sagt Juju entrüstet. «Sie weiß von nichts, sie macht sich Sorgen …»

«Sie weiß alles. Hör zu, Julien», sagt Pudel geduldig. «Du willst doch immer noch ein Flugzeug fliegen, später?»

Die Augen des Jungen auf dem beschriebenen Papier. Ein trotziger Blick.

«Ja.»

«Dann vergiß Trickse. Mit ihr kommst du nicht weit. Eine Trickse bringt dich nicht über den Ozean. Unterschreib.»

«Aber … Woher weiß sie das?»

«Sie weiß es, das reicht!» antwortet Pudel und wird jetzt ungeduldig. «Bitte, Julien, unterschreib! Ich bin fix und fertig.»

Juju zögert. Der Stift gleitet über das beschriebene Blatt. Pudel stößt erleichtert ein «Uff» aus, nimmt die Aussage und fängt an zu lachen.

«Du hast mich ganz schön schwitzen lassen, kleines Monster!»

Er steht auf, zieht den Parka über.

«Ich bring dich jetzt über die Seine. Du schläfst dort, und morgen kriegst du Besuch, von deiner Familie, und dann kommst du vor den Jugendrichter. Zieh die Jacke an.»

Am anderen Flußufer der Quai des Orfèvres, die Polizeipräfektur, Jugenddezernat. Eingang zu einem langen Flur mit Türen, alle gleich. Pudel geht.

«Auf Wiedersehn, Julien. Sieh zu, daß du gut schläfst, morgen sehn wir weiter, alles wird gut.»

Er tätschelt ihm die Wange, seine Polizistenhand wuschelt ihm durchs Haar. Er geht weg, dreht sich um, bleibt stehen, ein Lächeln.

«Ich glaube, ich kauf mir einen Kamm. Viel Glück, Juju.»

Eine Frau mit einer weißen Bluse öffnet eine der Türen in dem stillen Flur. Ein kleines, schmales Zimmer, Waschbecken, Tisch, Stuhl, an der Wand ein Bett, kleines Fenster ganz oben unter der Decke, eine Zelle. Die fremde Frau hat ein Glas Wasser und eine weiße Tablette in der Hand: «Schluck die, dann schläfst du besser.» Juju schluckt. «Schlaf gut», sagt die Frau, die Tür schließt sich. Juju setzt sich auf die Bettkante, Blick nach innen, in seinen Kopf, kein einziges Bild. Und plötzlich springt er auf und schreit:

«Der Brief!»

Das «Ich liebe Dich» auf blauem Papier, vergessen zwischen zwei schmuddligen Scheinen in seinem Geldbündel. Juju spürt die Tränen hochsteigen. In seinem Kopf alles blau, die Tränen laufen, er hält sie nicht zurück.

In dem schicken Kostüm steckt ein Körper ohne Gesicht, aus dem Kostüm hängt ein Faden, jemand zieht daran, das Kostüm trennt sich auf und gibt einen nackten, unvollkommenen Körper frei. Traumfetzen.

*

Ein nacktes Zimmer im Licht eines hellen Morgens, nur ein großer Tisch mit Kunststoffbeschichtung, zwei Stühle, Juju sitzt auf einem davon. Eine Tür öffnet sich, sie kommen. Isabelle stürzt herein, Juju steht nicht auf, lächelt nicht, sie nimmt den Kopf ihres Sohns in die Hände und schluchzt.

Ihr Juju!

Sie küßt ihren Sohn auf die Stirn, geht es ihrem Juju gut? Es geht, ja. Aber was hat er denn da an? Diese Jacke! Diese Jeans! Und dann die Stiefel! Doch endlich ... der Alptraum vorbei ... Armand betritt das nackte Zimmer nicht, aber er sagt etwas, schroffer Ton, Julien hätte aufstehen können, um seine Mutter zu küssen, Juju bleibt sitzen, wirft keinen Blick auf das Gesicht seines Vaters. Isabelle wischt sich die Augen mit einem weißen Taschentuch trocken, Armand hofft, das ist Julien eine Lehre, jetzt müssen sie gehen, Isabelle wird ihren Juju bald wiedersehen. Isabelle! Ja, sie kommt! Also gut, es ist vorbei, morgen ist ihr Juju wieder zu Hause. Nein! schreit Juju. Wie ... Was? Was will ihr Juju sagen? ... Armand regt sich auf, er will nicht den ganzen Tag hier verbringen, bei einem Verbrecher. Isabelle ist sehr blaß, gut ... also ... Mein Gott, ihr Juju hat sich so verändert ... also ... bis bald Juju ... Sie gehen, Sheila stürzt herein, sie hat sich die Haare abgeschnitten, ihr Mantel ist nicht rot, sondern grün, sie sagt nichts, sieht ihren kleinen Bruder an, nimmt ihn in die Arme, sieht ihn wieder an, sie heult, Juju nicht. Aber er lächelt. Das ist ihre Schuld, ihre Schuld, daß all das passiert ist, sie hätte niemals weggehen dürfen, oder aber ... sie macht sich Vorwürfe, sie macht sich furchtbare Vorwürfe, sie ... und wie findet er eigentlich ihre neue Frisur? und ihren neuen Mantel? Gut, aber ja. Ach! ... Sie liebt ihren Juju, ihren kleinen Bruder ... Gut, sie muß jetzt gehen, sie kommt dann bald wieder, nach dem Gespräch mit dem Richter. Sie kümmert sich um ihren Juju ... Klasse, die Fliegerjacke!

Isabelle hatte schlechten Atem, Sheila ein neues Parfum, Juju ist allein in dem nackten Zimmer. Seit seine Mutter schluchzend hereingestürzt ist, geht ihm ein kurzer Satz im Kopf herum: «... mir fallen die Titten ab ...» Er hält sich sein Handgelenk an die Nase und schließt die Augen. Auf seiner Haut ein Rest der unsichtbaren Spur. Er schlägt die Augen auf und lächelt. Jungchenlächeln.

An jenem Abend hat sie ihr Haar schön glatt gestrichen, ihr Gesicht nicht geschminkt, sie trägt ihren Morgenrock, der aussieht wie schwarzer Satin. Um acht Uhr setzt sie sich hin, stützt ihre Ellbogen auf den Frisiertisch und nimmt ihr Gesicht fest in die Hände. Sie bleibt lange so sitzen, das Gesicht zwischen den Händen, zwingt ihr Hirn, die Bilder zu verjagen, die Worte, die Erinnerungen, die ihr Gewalt antun wollen.

Um halb elf streckt sie sich, stemmt ihre Hände in die Seite, drückt ihren Brustkorb zusammen, sie schließt die Augen, hebt den Kopf, streckt den Hals in einen imaginären Himmel, ihr Mund öffnet sich, und aus ihrem Inneren steigt ein langer Schrei auf, eine lange, unmenschliche Klage.

Sie macht die Schranktür auf und holt die Schuhschachtel heraus. Sie stellt die Schachtel in die Badewanne, nimmt den Deckel ab, gießt ein bißchen Benzin über die Fotos. Sie setzt sich auf den Rand der Badewanne und sieht zu, wie Victorien verbrennt.

Es ist Viertel vor zwölf, sie zieht ihren Morgenrock aus und legt sich aufs Bett, nackt, die Arme am Körper, das nutzlose Geschlecht zwischen den eng aneinanderliegenden, zusammengeklemmten Beinen. Sie hat die Augen geschlossen.

Gegen zwei Uhr taucht sie in die Nacht ab. Ohne eine Regung.

Nur ein bißchen schwarze Asche auf weißem Emaille.

INHALT

Yves Navarre

Vorbeugender Eingriff

Roman
Aus dem Französischen von Christel Kauder
348 Seiten. Leinen
Prix Goncourt
ISBN 3-924175-27-6

Der 9. Juli - ein denkwürdiger Tag für die Familie
Prouillan. Ein ungestraftes Verbrechen jährt sich:
vor 20 Jahren kehrte der jüngste Sohn von einer Operation
zurück. Befreit von einem vermeintlichen Hirntumor - der
Sohn. Befreit von diesem rufschädigenden Sohn - der Vater.
Von seinen homosexuellen Neigungen abgebracht,
schwachsinnig durch einen Kunstfehler, lebt Bertrand
fortan begraben und bewacht in den Räumen des
entlegenen Landsitzes.

«Die Moral ans Skalpell ...
Am Jahrestag des Verbrechens ohne Leiche wird die Familie
Prouillan geschüttelt vom großen Schauer des Schreckens und
der Erinnerung: und dieses Erschauern beschreibt
Yves Navarre mit unvergleichlicher Dichte, Zärtlichkeit
und großartiger Unbarmherzigkeit»
Figaro-Magazin

BECK & GLÜCKLER

Holbeinstr. 8   79100 Freiburg

Julian Barnes
Flauberts Papagei *Roman*
(rororo 22133)
«Dieses Buch gehört zur
Gattung der Glücksfälle.»
Süddeutsche Zeitung

Denis Belloc
Suzanne *Roman*
(rororo 13797)
«Suzanne» ist die Geschichte
von Bellocs Mutter: Das
Schicksal eines Armeleute-
kinds in schlechten Zeiten.
«Denis Belloc ist der
Shootingstar der französi-
schen Literatur.» *Tempo*

Andre Dubus
Sie leben jetzt in Texas *Short
Stories*
(rororo 13925)
«Seine Geschichten sind
bewegend und tief empfun-
den.» *John Irving*

Michael Frayn
Sonnenlandung *Roman*
(rororo 13920)
«Spritziges, fesselndes, zum
Nachdenken anregendes Le-
sefutter. Kaum ein Roman
macht so viel Spaß wie dieser.» *The Times*

Peter Høeg
**Fräulein Smillas Gespür für
Schnee** *Roman*
(rororo 13599 und als
"Buch zum Film" mit
vierfarbigen Fotos rororo
22210)
Fräulein Smilla verfolgt die
Spuren eines Mörders bis ins
Eismeer Grönlands. «Eine
aberwitzige Verbindung von
Thriller und hoher Litera-
tur.» *Der Spiegel*

Peter Høeg

Fräulein Smillas Gespür für Schnee Roman
Verfilmt von Bille August
mit Julia Ormond und Gabriel Byrne
Mit vielen farbigen Filmfotos

Laurie R. King
Die Gehilfin des Bienenzüchters
Kriminalroman
(rororo 13885)

Ray Loriga
Vom Himmel gefallen *Roman*
(rororo 13903)
Ray Loriga, Jahrgang 1967,
lebt in Madrid. In seinem
mit Bitterkeit und schwarzem Humor getränkten Ro-
man verfolgen Polizei und
Medienmeute einen jugendli-
chen Killer quer durch
Spanien.

Daniel Douglas Wissmann
Dillingers Luftschiff *Roman*
(rororo 13923)
«Dillingers Luftschiff» ist
eine romantische Liebesge-
schichte und zugleich eine
verrückte Komödie voll
schrägem Witz, unbeküm-
mert um die Grenzen
zwischen Literatur und
Unterhaltung.